KB072777

관상왕의
1번룸

관상왕의 1번 룸 7

가프 장편 소설

초판 1쇄 찍은 날 § 2015년 8월 27일
초판 1쇄 펴낸 날 § 2015년 9월 3일

지은이 § 가프
펴낸이 § 서경석

편집책임 § 한준만

펴낸곳 § 도서출판 청어람
등록번호 § 제387-1999-000006호
등록일자 § 1999. 5. 31
어람번호 § 제1-2214호

주소 § 경기도 부천시 원미구 부일로 483번길 40 서경B/D 3F (우) 420-822
전화 § 032-656-4452 팩스 § 032-656-4453
http://www.chungeoram.com
E-mail § chungeorambook@daum.net

ISBN 979-11-316-90387-8 04810
ISBN 979-11-316-90237-6 (세트)

가프 장편 소설

관상왕의 1번룰

FUSION FANTASTIC STORY

도서출판 청어람

CONTENTS

제1장

1번 룸의 초거물

　그날 저녁, 길모는 카날리아 안에서 뉴스를 들었다. 손중산에 관한 보도였다.

　─검찰총장은 오늘 비상 기자회견을 열어 전직 대통령들의 비자금 의혹에 대한 일제 조사에 착수한다고 밝혔습니다.

　첫 번째 멘트부터 길모의 관심을 끌었다. 당번이라 복도를 닦던 장호도 마찬가지였다.

　─검찰은 그동안 내내 부인하던 비자금 실체에 대한 의혹이 불거지고 있어 국민화합 차원에서도 필요한 조치라고 밝히며 처음으로 비자금 추적 현장을 공개했습니다. 현장에 나간 이현승 기자 나와주세요!

멘트에 이어 화면이 바뀌었다.

[으악, 거기예요!]

거기!

바로 손승락의 집이었다. 길모의 신경이 곤두서기 시작했다.
화면은 골목에 이어 지하실을 비추었다. 계단 앞에서 기자가 나
왔다.

─이곳은 전직 대통령의 비자금이 보관된 혐의를 받던 한 중
견기업 사업가의 자택 지하실입니다.

화면이 지하실 속으로 옮겨갔다.

─보시다시피 이 지하실에는 비밀장치가 되어 있습니다. 바
로 또 다른 지하실로 내려가는 통로입니다.

기자를 따라 화면이 또 다른 지하실로 이어졌다.

"……!"

길모의 눈이 휘둥그레졌다. 화면에 비친 건 길모가 열었던 거
대한 금고, 바로 그것이었다. 그런데…….

[형, 금고가…….]

"쉬잇!"

길모는 손가락을 입술로 가져갔다. 화면에 비추는 건 강제로
절단된 금고였다. 검찰이 절단기를 동원한 모양이었다.

─보시다시피 초대형 금고가 절단되어 있습니다. 이 금고 안
에 천문학적인 비자금이 있다고 확신한 검찰은 금고전문가들을
동원했지만 열지 못하자 절단기를 동원하는 강수를 두었습니

다. 그러나 금고 안에는 약간의 현금이 있을 뿐 천문학적인 비자금은 나오지 않았습니다.

기자가 이번에는 옆에 있는 금고 쪽으로 옮겨갔다. 그 금고들은 죄다 가슴을 드러내고 있었다.

―이쪽에도 금고입니다. 이 안에서도 천문학적인 현금이나 금괴는 나오지 않았습니다.

금고에 이어 손승락의 변호인 얼굴이 나왔다.

―지하가 2중인 건 전 소유자의 취향이지 손 회장과는 무관합니다. 그 어느 정권과도 무관합니다. 아무런 근거 없이 헛된 제보나 소문만 믿고 무리한 공권력을 행사한 검찰과 현 정부는 모든 책임을 질 각오를 해야 할 겁니다.

―이상으로 비자금 수사 현장에서 이현승입니다.

[형!]

비자금 뉴스가 끝나자 장호가 길모를 돌아보았다. 길모는 다행이라는 듯 고개를 끄덕거렸다.

진심 다행이었다.

그 이유는 변호인의 발언에 있었다. 검찰은 금고에 대한 강제집행을 진행했다. 하지만 금고 안에 든 돈은 길모가 슬쩍했으니 있을 리 없었다.

한편으로 보면 손 회장에게는 행운이었다. 길모가 털지 않았다면 돈의 출처를 증명해야 했을 일. 그렇다면 결국 정권과의 연결고리가 드러날 수밖에 없었다.

하지만 돈이 없으니 역공세가 가능했다. 그건 길모에게 행운이었다. 기왕에 텅 빈 금고가 당연하다고, 변호사를 내세워 반박까지 한 마당. 그러니 사라진 돈을 찾으러 나설 수도 없는 일이었다.

[그냥 넘어가는 분위기인데요?]

"후련하냐?"

[그럼요.]

"그럼 커피나 우아하게 한 잔 때리자."

[좋죠.]

장호가 커피를 탈 때였다. 어깨너머로 방 사장의 발소리가 들려왔다.

"내 거도 한 잔 타라."

"사장님!"

길모가 고개를 들었다. 방 사장의 표정은 살짝 굳어 있었다.

"기분 안 좋아 보이시는데요?"

"사는 게 그렇지 뭐……."

방 사장은 카운터 앞의 의자를 당겨 앉았다. 이내 장호가 커피를 가져왔다.

"오늘 홍 마담 올 거다. 애들 보낼 생각을 하니 좋지는 않아."

홍 마담!

그렇다면 누군가를 즉빵집으로 보내는 모양이었다.

"마이낑 밀린 애들이 많나요?"

"세정이하고 희진이……."

이세정과 양희진.

둘 다 방 사장이 직접 부리는 아가씨들이다. 말하자면 여기저기 바쁠 때 땜빵으로 들어가는 신세. 지명은 없고 수입은 들쑥날쑥. 그러면서도 에이스들 흉내는 내야 하니 가불이 쌓일 만도 했다.

그런데!

길모 눈에 방 사장의 명궁이 밟혔다. 기분이 좋지 않으니 안색이 좋을 리는 없지만 그런 쪽이 아니었다. 다만 그 느낌이 혼란스러웠다. 천이궁에 이어 명궁과 재복궁, 눈빛에까지 검붉은 느낌이 스며들고 있었다.

'복합 횡액?'

확신하기 곤란했다. 처신 잘하기로 유명한 방 사장이었다. 그러니 좋지 않은 일이 세트로 달려올 리는 없었다.

"왜? 낮 술 좀 마시다 체했는데 표시 나냐?"

방 사장이 말했다.

'그래서 그런가?'

고개를 갸웃거리던 길모는 등짝을 얻어맞고 말았다.

"홍길모, 요즘 잘 나간다더니 누나 대고 인사도 안 하냐?"

홍 마담이었다.

"아, 그런다고 때려요?"

"좀 맞아야지. 방 사자님 말이 3대 천황도 가뿐히 넘었다던데 한턱도 안 내고 말이야. 불이나 좀 붙여봐."

홍 마담이 담배 문 입을 내밀었다. 길모는 쓴 입맛을 다시며 불을 당겨주었다.

"애들은요?"

연기를 뿜으며 방 사장을 바라보는 홍 마담.

"곧 오겠지."

"어유, 이런 거 말고 돈 좀 되는 일 좀 주세요. 맨날 뒤처리만 맡기고……."

"싫으면 말던가."

"아, 진짜… 빡빡하시기는. 무슨 말을 못 한다니까."

"돈이나 내놔."

"사무만 보자?"

"아니면 우리가 뽕까지 딸 사이야?"

"자꾸 이러면 홍 부장 내가 빼돌려요. 그렇잖아도 홍 부장이 누구냐고 궁금해하는 강남 사장님들 많거든요."

"일찌감치 묻히고 싶으면 빼가든가?"

"어우, 정말 매너하고는… 여기 있어요."

홍 마담은 가방 속에서 봉투 하나를 꺼내 내밀었다. 방 사장은 그 자리에서 돈을 확인했다. 거의 동시에 아가씨 둘도 계단을 내려왔다.

"사장님… 한 번만 봐주세요. 저 진짜 열심히 할게요."

홍 마담을 보자 정신이 번쩍 드는 아가씨들. 때늦은 읍소를 하며 방 사장에게 매달렸다.

"거기 가서 열심히 해. 내 배는 이미 떠났으니까."

"사장님… 죄송하지만 잠깐만요."

아가씨들이 울먹일 때 길모가 방 사장을 잡아끌었다.

"왜?"

1번 룸으로 들어온 방 사장이 물었다.

"죄송합니다만 보내지 마시는 게…….."

"얌마, 이건 내 비즈니스야!"

"저도 압니다."

"아는 놈이 그래? 군기 못 잡으면 밑 빠진 독에 불 붓기라는 거 몰라?"

방 사장이 눈을 부라렸다. 그 자신만의 스타일로 카날리아를 장악해 온 방 사장. 본능적으로 아가씨와 웨이터 다루는 법을 아는 지라 길모의 말에도 콧방귀조차 뀌지 않았다.

"그렇지만 사장님 관상이…….."

"내 관상이 어때서?"

"낮술에 체하기까지 했다니 할 말은 없지만 아무튼 썩 좋지 않습니다. 당분간은 조심하시는 게 좋을 거 같아서…….."

"좋을 리가 없지. 새로 바뀐 건물주 자식이 임대료 올려달라고 염장 지르고 있다. 게다가 오 양 년이 삥땅친 배당금에 대해 이 부장이 딴죽 걸고 있어서 쌩돈도 처바를 판이고…….."

"……."

"알았으면 군소리 마라. 나 머리 복잡하니까."

"아무튼!"

"아무튼 뭐?"

나가려던 방 사장이 뒤를 돌아보았다.

"당분간은 조심하십시오."

"알았어."

방 사장은 퉁명스런 대답을 남기고 룸을 나갔다.

"홍 부장!"

두 아가씨를 차에 태운 홍 마담이 길모를 바라보았다.

"예……."

"쟤들 불쌍하냐?"

"……."

"어이구, 카날리아 톱 됐어도 그 여린 마음은 여전하네. 쟤들
은 동정할 가치도 없어."

"……."

"쌍년들, 이런 데 왔으면 이를 악물고 벌어서 일찌감치 떠야
지. 팽팽한 젊음이 천년만년 갈 줄 알았나? 벌면 호빠나 가고 명
품에나 처바르고… 그 지랄을 떨었으니 몸뚱이로 올챙이 받는
신세가 됐지."

"홍 마담……."

"왜? 너무해?"

"홍 마담도 한때 아가씨였잖아요?"

"그래서 내 꼬라지가 이 꼬라지잖아. 저년들 내가 방 사장님

한테 소개해 준 건 알지?"

"······."

"내가 분명히 말했거든. 돈푼 좀 손에 쥔다고 지랄 떨지 말고 그럴수록 정신 바짝 차리라고. 선배 말 안 들었으니 억울할 것도 없어."

신랄하다.

홍 마담이 그랬다. 그 자신이 걸어간 향락의 길. 관록의 선배로서 초짜들에게 강조하지만 별로 귀담아 듣지 않는다. 길모도 더는 말할 수 없었다. 거친 말투 속에 묻어나는 홍 마담의 아쉬움. 그건 동병상련의 신세에 담긴 속상함이기도 했다.

"남자는 아직 정리 못 했군요?"

길모, 화제를 아가씨들에게서 홍 마담에게로 돌렸다. 중은 제 머리를 깎지 못하나 보다. 남자에 휘둘리는 홍 마담의 관상. 그건 어찌 보면 즉빵집으로 팔려가는 아가씨들과 다르지 않았다. 알면서도 극복하지 못하는 것이다.

"인생 내 마음대로 되면 내가 이 꼬라지로 살겠어?"

"······."

"그 개자식, 지금도 나 기다리고 있을걸? 쟤네들 배달하고 번 돈 후려가려고."

"······."

"관상도사!"

"예?"

"언제 시간 나면 와서 혹 떼는 법이나 좀 알려줘. 그럼 내가 쟤들… 그마나 좀 괜찮은 데로 연결할 테니까."

"그러죠."

"간다!"

홍 마담은 손을 흔들며 차에 올랐다.

텐프로의 달콤한 꿈.

비록 에이스 감은 아니었지만 마이낑 1~2천은 받고 왔을 아가씨들. 그녀들에게 카날리아는 화려한 욕망의 공간이었을 것이다.

돈을 펑펑 써대는 손님들.

거기서 받은 팁과 돈으로 화려함을 유지하는 에이스들.

'나도 스폰서만 잡으면!'

끼워 넣기 아가씨들은 늘 한 방을 벼른다. 그런데 인생은 참 희한하다. 튕기는 아가씨들에게는 스폰서가 줄을 잇지만 콜만 들어오면 달려갈 아가씨들에게는 기회가 오지 않는다.

잠시 마음이 착잡할 때 등에 서 부장의 손이 닿았다.

"형님……."

"홍 마담이냐?"

"예."

"우리 사장님 결국 보냈구만."

"……."

"어쩌겠냐? 이 바닥 냉혹하기야 어제 오늘 일도 아니고……."

"그렇죠?"

"그나저나 이번 매상도 홍 부장이 톱이던데?"

그건 방 사장에게 귀띔을 들어 알고 있던 일이었다. 무려 일주일을 쉬었지만 그건 문제가 되지 않았다. 최 회장이 한 방에 복구해 준 덕분이었다. 더구나 2등을 한 서 부장과의 차이도 전달과 달랐다. 이제 길모는 3대 천황들 위를 훨훨 날고 있었다.

"다 형님 덕분입니다."

길모는 겸손하게 대답했다. 다른 사람은 몰라도 서 부장은 길모에게 있어 또 한 사람의 스승이었다.

"시간 나면 언제 심연에 한 번 가봐라."

"심연요?"

길모가 눈을 동그랗게 떴다.

심연이라면 강남 최고의 1%. 말하자면 대한민국 최고 중의 하나로 꼽히는 곳이었다.

"우리야 이제 네 발밑이고… 가끔은 관찰자의 눈으로 현실을 보는 것도 공부가 되거든. 더구나 홍 부장 너는 젊으니까."

"발밑이라뇨? 무슨 그런 말씀을……."

"사실 아니냐? 솔직히 첫 한 번은 우연일 수 있었겠지만 이제는 아니다. 3대 천황 위에 홍 부장이다."

"……"

"왜? 갈 생각 없냐?"

"한 번 호기심은 있었는데 바쁘기도 하고……."

"강북에서 승부를 본다?"

"안 될까요?"

길모가 웃었다. 강남의 심연이라면 귀에 못이 박히도록 들어온 템프로의 전설이었다. 그곳의 김득구 부장은 움직이는 중견 기업으로 불린다. 매상이 독보적이기 때문이었다.

그렇지만 남을 흉내 내고 싶지는 않았다. 길모는 관상왕, 그와 걷는 길이 달랐다.

"나쁜 건 아니지만 여러 가지 경우의 수를 가지고 있으면 든든하잖냐?"

경우의 수?

그 말을 하는 서 부장의 눈가에 아련함이 스쳐갔다. 좋지 않은 뉘앙스였다.

"무슨 뜻이신지?"

"별 뜻은 없어. 다만… 세상에 영원한 건 없다는 거지. 돌아보면 느닷없이 문 닫는 룸싸롱들 한둘이 아니잖냐?"

서 부장은 그 말을 두고 계단을 내려갔다.

[카날리아 문 닫아요?]

뒤에서 듣고 있던 장호가 물었다.

"그럴 리가?"

말을 하면서 길모는 따로 생각에 잠겼다. 방 사장의 말과 관상 때문이었다.

"건물주 자식이 임대료 올려달라고 염장 지르고 있다."

임대료!

서 부장이 걱정하는 게 뭔지 알 것 같았다. 건물 주인들 때문에 문을 닫는 룸싸롱은 많았다. 특히 주인이 바뀔 때 그랬다. 임대료고 뭐고 이미지 때문에 싫다고 나오면 답이 없었다. 심할 경우 일부러 건물을 리모델링하기도 했다. 그렇게 되면 꼼짝없이 밀려나는 것이다.

그건 곧 방 사장의 몰락을 의미했다. 그렇게 나가면 권리금 따위는 꿈도 꾸지 못하게 되니까.

허튼 상상이 꼬리를 물 때 자가용 한 대가 주차장으로 들어왔다. 누구의 예약 손님일까? 차에서 신사 두 사람이 내렸다. 길모는 자동으로 묵례를 했다. 손님 비슷한 사람만 보면 나오는 습관이었다.

"아, 혹시 홍 부장님?"

길모가 고개를 들 때였다. 성큼 다가선 신사가 먼저 말을 건네 왔다.

"그렇습니다만……."

누굴까?

안면이 없는 사람이었다.

"어이쿠, 이거 인상착의만 듣고 그런 건데 딱 맞았군요."

"……?"

"이거 제 명함입니다."

신사가 명함을 내밀었다.

"……!"

명함에 박힌 회사 로고. 그걸 보는 순간 길모는 숨이 터억 막혀왔다.

TPT 그룹!

바로 송광용이 회장으로 있는 그 회사였다.

"회장님 지시를 받고 비서실에서 나왔습니다!"

반듯하게 고개를 드는 두 직원. 그들은 바로 송 회장의 예약을 위해 사전 답사를 온 사람들이었다.

송광용!

재계 서열 10위 안에 드는 굴지의 대재벌 TPT의 회장. 고객 업그레이드 프로젝트에 처음으로 인연이 된 사람.

홍길모, 마침내 봉황급 재벌을 손님으로 받는 순간을 맞이했다.

*   *   *

송광용의 예약은 이틀 후로 결정되었다. 사람은 세 명이었다. 예약만으로도 카날리아는 발칵 뒤집혔다. 방 사장의 입은 귀밑에 걸려 내려오지 않았고, 길모를 향한 아가씨들의 공세도 적극적으로 변했다. 내로라하는 재벌을 모셔보는 것, 그 또한 에이스들의 프라이드에 직결되기 때문이었다.

그 운명의 키는 길모가 잡고 있었다.

초이스냐!

부장 재량이냐!

어느 것을 선택하느냐에 따라 에이스들은 기회를 가질 수도, 아닐 수도 있었다. 나아가 에이스들이 송 회장의 마음을 사로잡는다면 거래 부장이 바뀔 수도 있는 것이다.

'재벌 회장님들은 무슨 음료수를 드시나?'

작은 서비스 하나가 일을 그르칠 수도 있다. 일찍 출근한 길모는 며칠 만에 만복약국에 들렀다.

"어서 오세요!"

안에 들어서자 낯선 목소리가 들려왔다.

"······?"

류 약사는 자리에 없었다. 대신 30대 중반의 여자 약사가 거기 있었다.

"뭐 드려요?"

약사가 물었지만 길모의 귀에는 들어오지 않았다. 직장처럼 낯익었던 약국이 갑자기 낯선 별처럼 느껴졌다. 저 먼 안드로메다 옆의 작은 행성처럼······.

"어, 홍 부장 왔네?"

조제실에서 마 약사가 나왔다.

"아, 인사해. 우리 약사 선생 새로 왔어. 설화가 유학을 가서 말이야."

마 약사가 여자를 가리켰다.

"잘 부탁드려요."

새로 온 약사가 이름까지 말했지만 귀에 들어오지 않았다. 음료수를 집어 든 길모는 대충 인사를 남기고 나왔다.

어지럽다!

서쪽에 걸린 저놈의 해는 왜 또 이렇게 따가울까? 길모는 문득 전화기를 꺼내보았다. 아무것도 없다. 류 약사와의 인연은 이렇게 마무리되는 모양이었다.

'그녀에게 나는 고작 이런 사람이었나?

그래도 갈 때는 인사라도 할 줄 알았다. 그 잘난 첫 키스 때문이 아니었다. 키스가 아니더라도, 좋아한다는 고백을 안 했더라도 얼굴을 익혀온 시간이 얼마던가? 길모가 사 나른 음료수가 몇 트럭이던가. 그런데 그 흔한 문자 한 통 없이 가다니, 이렇게 떠나다니…….

[형!]

눈치 빠른 장호가 물었다. 길모는 대답대신 음료수 박스를 던져 주었다.

[류 약사님… 떠났어요?]

카날리아의 문을 연 장호가 수화를 그렸다.

"야, 내가 무슨 류 약사 때문에 이러는 줄 아냐?"

[쳇, 누가 모를 줄 알아요?]

"청소나 해라. 파리가 착륙하다 자빠져서 뇌진탕으로 갈 정도로."

[힘내요. 여자는 널렸어요.]

"청소나 하라니까!'

룸을 가리킬 때 카운터의 전화기가 울렸다.

[형!]

장호의 손짓에 길모가 전화를 받았다.

"예? 택배요?'

1번 룸의 점검을 끝냈을 무렵에 택배 직원이 계단을 따라 내려왔다.

보내는 사람 : 류설화

받는 사람 : 홍길모

작은 택배를 받아 든 길모는 한동안 움직이지 못했다. 떠나는 그녀가 보낸 택배였다.

[형…….]

길모는 천천히 포장을 뜯었다. 흡사 신성한 의식을 치르는 사람처럼…….

"……!'

포장 안에서 나온 건 넥타이 두 개였다. 똑같이 노란색. 그 위에 사뿐 올라앉은 봉투가 보였다. 길모는 장호 몰래 파르르 떠는 손으로 편지를 꺼냈다.

고마워요. 늘 응원할게요. 길모 씨도 저를 응원해 주세요!

길모 씨.

저를 응원해 주세요.

늘 응원할게요.

짧은 세 마디 말이 천만 번의 회오리를 일으키며 머릿속에서
갈래를 쳤다. 그 세 마디에 모든 게 다 들어 있었다. 그 세 마디
에 서운한 마음은 강물에 떨어지는 눈송이처럼 사라졌다.

약속도 아니었다.

그렇다고 다짐도 아니었다.

그녀는 그녀의 길을 갔고 길모는 길모의 길을 간다. 이보다
더 쿨할 수 있을까?

'그러죠……'

길모는 잠시 숙연해졌다.

'당신을 응원할게요. 꼭 꿈을 이루고 돌아오기 바랍니다.'

왈칵!

숙연한 분위기는 방 사장의 등장으로 깨져 버렸다.

"야, 송 회장님 술은 뭐 드신다냐?"

방 사장이 소리 높여 물었다.

"술 주문은 아직……"

"아, 그걸 물어봐야지. 갑자기 희귀한 술 찾으면 누굴 뺑이 치

게 만들려고?"

"죄송합니다. 분위기가 그렇지 못해서……."

"아, 이거 흥분되네. 오늘 대한민국 룸싸롱 역사상 단일 룸 매상 갈아치우는 거 아니냐?"

"……."

"알았어. 사무실에서 대기할 테니까 오더 나오면 바로 말해."

"예!"

방 사장이 기대를 남기고 나가기 무섭게 이 부장이 들어왔다.

"장호, 넌 겟 아웃!"

턱짓을 날린 이 부장이 길모 앞에 자리를 잡았다.

"야, 송 회장 오면 인간적으로 초이스시켜라."

"예?"

"아, 솔직히 그렇잖아? 우리 가게 처음 오시는데 삑 가게 만들어야지. 아무래도 마스크는 네 에이스들이 좀 딸리지 않냐?"

"그 말은 어제도 들었는데요?"

"네가 정신없어서 넘어갈까 봐 그런다. 우리 가게 아가씨들 물 국대급으로 좋습니다. 이렇게 광고해야 할 거 아니야."

"……."

"야, 홍 부장!"

"송 회장님 오시면 그분 취향을 보고 결정하겠습니다."

"아, 진짜 말 안 통하네. 무슨 취향? 아, 열 여자 싫은 남자가 어디 있냐? 그냥 초이스시키면 되는 거지?"

"아무튼 뜻은 알겠습니다."

"너 좀 나간다고 목에 힘주는 거 아니다. 개구리 올챙이 적 생각해야지."

이 부장은 반협박성 발언을 남기고 나갔다.

밤 9시!

카날리아가 긴장하기 시작했다. 장호는 마포걸레로 계단을 세 번째 닦았고 새로 온 카운터 주연수는 입구에 놓인 화분 잎사귀의 먼지까지 씻어냈다.

아가씨들도 걸핏하면 복도를 기웃거렸다. 그건 유나와 승아도 다르지 않았다. 그나마 차분한 건 혜수였다. 첫 타임을 건너뛴 그녀는 대기실에서 관상 공부에 여념이 없었다. 길모가 힐끔 보니 그 손에 들린 건 송광용의 사진이었다. 이미 실전 공부에 들어간 모양이었다.

예약 30분 전.

드디어 선발대가 도착했다. 세 명의 직원은 비서실 소속이었다. 그들은 주차장 한쪽에 서서 송 회장을 기다렸다.

그리고…….

119 구급대 출동 사이렌이 요란하게 스쳐간 후에 검은 세단이 도착했다. 길모는 보았다. 절제된 동작으로 세단을 맞이하는 비서실 직원들. 그 행동은 너무나 간결해 군더더기가 보이지 않았다.

길모는 장호를 데리고 송 회장을 맞이했다.

송 회장!

그가 앞에 서자 알지 못할 위엄 같은 게 전해왔다. 회장이라서가 아니라, 재벌이라서가 아니라 조건과 상관없는 범접 못 할 포스였다.

"자네가 홍 부장?"

목소리는 부드러웠지만 그 안에는 힘이 서려 있었다.

"모시게 되어 영광입니다."

"영광은 내가 영광이지. 내 생명의 은인이 아니신가?"

송 회장이 손을 내밀어 악수를 청했다. 길모는 천천히 그 손을 잡았다. 오른손에 이어 왼손이 길모의 어깨로 다가왔다. 가볍게 두 번을 두드리는 송 회장. 그 안에는 고마움이 그득 담겨 있었다.

"들어가시죠."

길모가 입구를 가리켰다. 장호가 앞서자 송 회장과 그 아들 송욱, 그리고 실장이 뒤를 이었다. 카운터 앞에서 강 부장과 이 부장이 인사를 해왔다. 송 회장은 그들을 그대로 지나쳤다.

"야, 홍 부장, 알지?"

이 부장은 그 틈에도 입을 벙긋거리며 초이스 압박을 해왔다. 그렇거나 말거나 길모는 1번 룸의 문을 열었다.

"생각보다 괜찮군."

상석에 앉은 송 회장 입에서 좋은 평이 나왔다.

"유복동향 유난동당이라, 예사롭지 않은 문구로군요."

송욱과 함께 앞자리에 엉덩이를 붙인 실장이 벽을 보며 말했다.

"바쁘지 않으면 잠깐 앉으시게나."

송 회장이 길모에게 자리를 권했다.

"저는 괜찮습니다."

"내가 안 괜찮네. 오늘은 손님도 아니네. 그저 홍 부장에게 목숨을 빚진 빚쟁이가 왔거니 하고 편안하게 대하시게."

"무슨 그런 말씀을……."

"앉으세요. 그렇잖아도 우리 회장님께서 하실 말이 많으십니다."

송욱까지 가세하자 길모는 별수 없이 끝자리에 엉덩이를 걸쳤다. 그렇게 되자 장호는 자동으로 퇴장을 했다.

"야, 뭐 시켰냐?"

장호가 복도로 나오자 방 사장과 이 부장이 다가왔다.

[아직요!]

"초이스는?"

[그것도 아직요.]

"새끼야, 어려운 수화는 모르니까 문자로 찍어!"

이 부장이 장호에게 눈을 부라렸다.

─잠깐 말씀 나누는 중입니다.

문자를 찍어서 보이자,

"아, 말씀은 얼어죽을… 술집에 왔으면 미녀 끼고 마시면서 얘기를 하든가……."

이 부장은 공연히 조바심을 내며 애를 태웠다.

"미안하네. 내가 진작 와서 고마움을 전해야 하는 건데……."

길모에게 시선을 고정한 송 회장이 웃었다.

"별말씀을……."

"솔직히 살아오면서 손금 한 번 본 적이 없었네만 이번 기회에 관상에 대해 다시 보게 되었네."

"……."

"정말 기가 막히군. 우리가 분명 잠깐 스쳐 갔을 뿐이었을 텐데 어떻게……."

"저나 회장님이나 운이 좋았던 것 같습니다."

길모가 공손히 말했다.

"그럴 리가 있나. 이런 건 운으로 치부할 수 있는 일이 아니라네. 더구나 홍 부장이 우리 회사까지 와서 전해주었다면서?"

"직원분들에게 말씀드렸는데 믿지 않으시길래……."

"허어, 처음에는 우리 부사장도 믿지 않았다면서?"

"예……."

"홍 부장이 돌아서면서 혀 좀 찼겠군. 죽는 사람 살려준다는데도 우이독경들이니……."

"그때는 조금……."

"아무튼 고맙네. 그때 나도 갑자기 가슴팍에 통증이 오는데

하늘이 노래지더군. 눈앞에서는 저승사자가 아른거리고 말이
야…….”

‘저승사자?

언제 들어도 정신줄이 팽팽하게 당겨지는 말. 길모의 뇌리에
도 파타야의 바다에서 만난 저승사자가 아른거리기 시작했다.

“게다가 사례를 보냈더니 그것까지 기부단체에 보내달라고
했다고?”

“딱히 사례를 바란 일이 아니었습니다.”

“허어, 젊은 나이에 그러기 쉽지 않을 일인데…….”

“저는 다만 관상을 보았고 그것으로 누군가에게 도움을 주었
으니 그것에 만족할 뿐입니다.”

“하긴 우리 부사장의 관상도 귀신같이 보았다지?”

송욱을 돌아보는 송 회장.

“예.”

송 부사장이 빙그레 웃으며 대답했다.

“내가 궁금해서 그러는데 말일세, 혹시 그 관상이라는 거…
외국인도 가능한가?”

송 회장이 다시 길모를 바라보며 물었다.

‘외국인?

느닷없는 질문이었다.

“이를 테면 서양인이나 중동 사람들처럼 얼굴형이 완전히 다
른 사람들 말일세.”

송 회장의 표정은 한없이 진지했다. 그러니까 단순한 호기심은 아니라는 뜻이었다.

서양인이나 중동인.

일단 상이 다르다. 눈도 다르고 코도 다르다. 나아가 턱도 다르다.

될까?

잠시 생각에 잠겼던 길모가 나지막이 대답했다.

"가능하다고 봅니다."

"……?"

송 회장의 안면 근육이 꿈틀 흔들렸지만 길모는 모른 척 넘겼다. 세계 각지의 건설 현장을 누빈 송 회장. 그러니 그쪽 사람들에 대한 호기심 때문일 수도 있었다.

"오케이, 그럼 이제 보은 술판이나 한 번 벌여볼까?"

송 회장이 긴장을 풀며 다리를 꼬았다. 본격 레이스(?)에 들어갈 모양이었다.

"술은 어떻게 세팅해 드릴까요?"

자리에서 일어난 길모가 물었다.

"여기가 텐프로인가?"

"예… 하지만 단출한 곳입니다."

"술은 아무거나 되고?"

"예."

"그럼 말일세, 동동주 한 말에 해물파전이나 좀 넉넉히 부처

오시게!"

"예?"

"동동주 한 말에 파전 넉넉히!"

송 회장은 또렷하게 반복했다.

동동주.

해물파전.

길모는 잠시 귀를 의심했다. 대재벌 송광용 회장. 지금 제정신인가?

"뭣이라? 똥똥주?"

길모의 말을 들은 방 사장은 기절 일보 직전이었다.

"홍 부장, 지금 장난하냐?"

이 부장은 단박에 짜증부터 작렬시켰다.

"장난이 아니고……."

"유세 떨지 말고 빨리 초이스나 시켜. 우리 애들 다 대기 중이다."

"아가씨는 술 온 다음에 부르시겠답니다."

"그 술이 동동주고?"

"예……."

"안주는 해물파전?"

"예……."

"푸헐, 이 친구가 진짜……."

"농담 아닙니다."

길모가 한 번 더 강조했다.

"그러니까 진짜 동동주에 해물파전을 시켰다?"

방 사장도 다시 캐묻는다.

"예……."

"어이쿠, 머리에 쓰나미 몰려온다. 이거 내가 아직도 낮술이 안 깼나?"

방 사장은 머리를 짚으며 사무실로 들어갔다.

"동동주?"

손님의 오더를 받아들고 나온 강 부장이 끼어들었다.

"……."

길모는 대답하지 않았다.

"진짜면 뺀찌 놔라. 아, 솔직한 말로 재벌 회장 왜 기다렸냐? 매상 빵빵하게 올리려고 그런 거 아니야? 그런데 동동주라니? 애들 장난도 아니고……."

"내 말이 그 말 아닙니까? 여기가 무슨 시장통 대포집인 줄 아나?"

이 부장의 목소리가 높아지기 시작했다.

"제가 알아서 하겠습니다."

"알아서 하는 게 이 모양이야? 그러게 애당초 예약받을 때 술을 정했어야지. 동동주 그런 거 없다고 그래."

"어차피 모신 손님입니다. 제가 따로 팁 받은 것도 있고 하니 그냥 진행하렵니다."

"야, 그럼 진짜 동동주 세팅한다고?"

이 부장은 계속 태클을 걸어왔다.

"가끔 소주 세팅할 때도 있잖습니까?"

"그건 양주 마시는 손님들 중에 한두 명이 곁다리로 시키는 거잖아? 누가 처음부터 동동주야 동동주가?"

"동동주 마시다가 양주 시키면 그게 그거 아닙니까?"

"……?"

"장호야, 오토바이 좀 대라."

길모는 그쯤에서 논쟁에 종지부를 찍었다.

진짜, 진짜, 정말로 동동주가 세팅되었다. 안주도 해물파전이었다. 카날리아가 생긴 이래로 처음 있는 일이었다. 아니, 길모가 룸싸롱 비슷한 데 근무한 이래로 처음이었다.

"어이쿠, 이거 제대로 된 걸 가져왔군."

송 회장은 새끼손가락으로 술동이를 휘휘 젓더니 그 손가락을 쪽 하고 빨았다.

"한 잔 올리겠습니다."

이제 마음을 비워 버린 길모가 얻어온 바가지에 술을 떠 내밀었다.

물론 길모라고 마음이 편한 건 아니었다. 길모 역시 대박 매상을 기대했었다. 그런데 동동주라니? 이 한 동이에 100만 원을 받는다고 해도 매상은 꼴랑 100만 원. 기대치의 밑바닥에 불과했다.

침착한 건 그나마 오토바이를 타고 바람을 쐰 덕분이었다. 아까 말한 대로 길모는 이미 보은 사례를 받았다. 송욱이 가져온 봉투가 그것이었다. 그 돈은 헤르프메로 입금되어 어려운 사람들의 위로가 되었다.

'사람을 돈으로 보지 말자.'

오토바이 위에서 그렇게 마음먹었다. 송 회장이라고 해서 대박 매상을 올려야 한다는 법은 없으니까. 그래서 주방이모에게도 특별히 부탁을 했다. 메뉴에 없는 거지만 성의껏 좀 부쳐 달라고.

"어, 좋다!"

송 회장은 입에 문 술을 닦아내며 반색을 했다. 그는 길모에게 한 잔을 권하더니 비로소 아가씨 이야기를 꺼냈다.

"말 타면 종 앞세우고 싶은 게 사람 마음인데 술맛 나는 동동주가 들어왔으면 응당 아가씨도 불러야겠지?"

"그러서야죠."

실장이 맞장구를 친다.

"그럼 실장이 한 번 실력 발휘 좀 해보시게."

송 회장의 지시가 떨어졌다.

초이스!

실장은 열병식 초이스를 원했다.

"동동주로 초이스한다고?"

그 말을 전해들은 이 부장이 짜증을 냈다.

"예……."

"우린 빠진다."

이 부장은 손사래를 쳤다. 술 매상으로 보아 돌아올 배당이 없다는 계산이 나온 것이다. 그나마 서 부장과 강 부장은 딴죽을 걸지 않았다.

아가씨들이 대기실에서 줄줄이 나왔다. 길모가 보니 기대감이 사라진 얼굴들이었다. 1번 룸에 동동주가 들어갔다는 말을 들었기 때문이었다.

1차로 민선아와 채은서 등을 필두로 10여 명이 들어갔다.

"어이쿠, 장안 미녀들은 죄다 여기 모여 있었군요."

바람 잡는 건 실장 몫이었다.

"아가씨들 말이야, 우리 회장님은 방석집 스타일이시거든. 원래 노는 것도 서로 궁합이 맞아야 하니까 혹시라도 내키지 않는 사람은 뒤로 빠지도록!"

실장의 말이 떨어지자 아가씨들은 슬금슬금 서로의 눈치를 살폈다. 첫 번째로 빠진 건 채은서였다. 그러자 은수연이 민선아를 잡아끌었다. 결국 남은 건 끼워 넣기 전문 아가씨들뿐. 그녀들도 내키지 않는 표정이지만 길모에게 찍히지 않으려고 남은 것뿐이었다.

2차는 안지영과 써니 등의 강 부장 라인에 더해 혜수와 홍연, 유나 등의 길모 사단이 들어왔다. 실장은 조금 전과 똑같은 멘트를 던졌다.

"죄송합니다. 저는 동동주 마시면 피부 트러블이 생겨
서……."

안지영이 먼저 꼬리를 사렸다.

"허헛, 그것 보게. 이렇다니까."

송 회장, 헛웃음을 웃더니 직접 동동주 바가지를 집어 들었
다. 그 손을 잡은 게 바로 홍연이었다.

"술집에 오셔서 자작이라니요? 제가 올리겠습니다."

홍연은 술동이를 휘휘 젖더니 한 잔 그득 따라 올렸다.

"두 째 잔은 제가 올려도 될까요?"

두 번째로 나선 건 혜수!

마지막 티켓은 승아에게 돌아갔다. 서너 명 남은 아가씨들 중
에서 실장이 그녀를 선택한 것.

"뭐해? 앉았으면 흥겹게 놀아야지."

세 아가씨가 정해지기 무섭게 실장이 재촉을 했다. 아가씨들
은… 잠시 주저했다. 그도 그럴 것이 1번 룸의 멤버 조합은 소위
아리까리의 진수에 속했다.

물주는 회장, 그러나 소위 영감에 속하는 나이.

젊은 부사장은 회장의 아들.

수행자는 기획실장에 중간 나이.

베테랑 에이스라고 해도 어디다 기준을 둘지 결정하기 어려
운 일이었다. 아버지와 아들이 룸에 들어와 노는 건 드문 경우.
더구나 그냥 술만 마시겠다는 것도 아니고 놀라는 것 아닌가?

"에이!"

침묵을 깬 건 홍연이었다. 그녀는 젓가락을 집어 들더니 멋대로 흥얼거리며 테이블을 두드리기 시작했다.

"원더풀, 원더풀 아빠의 청춘……."

홍연의 입에서 옛날 노래가 나왔다. 한 곡이 다 끝날 때까지 남자들은 반응하지 않았다. 지켜보던 길모도 자리를 뜨지 못했다. 길모조차도 방향을 잡아주기 난해한 테이블이었다.

그 사이에 홍연은 두 번째 곡으로 달려가고 있었다.

"안개 낀 장충단 공원, 누구를……."

그 곡까지 끝나고 세 번째…….

"한 많은 이 세상, 야속한 니이마아아!"

그때였다.

우두커니 지켜보던 송 회장이 다음 소절을 잇기 시작했다.

"정을 두고 몸만 가니 눈물이 나네."

그리고 이어지는 합창.

"아무렴 그렇지 그렇구말구 한오백년 사자는데 웬 성화요."

이번에는 혜수와 실장까지 합세를 했다. 홍연의 젓가락 장단은 가히 압권이었다. 몸이든 젓가락이든 박자 하나는 귀신이었다. 그냥 두드리는 것 같은데도 착착 감기는 맛이 있었다.

"어이쿠, 이거 명물들이 여기 다 있었구나."

송 회장이 반색을 했다.

"한 곡 더 달릴까요?"

홍연이 땀을 닦으며 물었다.

"기왕이면 춤은 어떻겠느냐?"

송 회장은 한 술 더 뜨며 말했다.

"까짓것 그러죠, 뭐."

홍연, 잠시의 주저도 없이 일어섰다. 그녀는 우선 두루마기 휴지를 길게 뜯어 양손에 거머쥐었다. 그런 다음에 춤사위에 돌입했다.

"……!"

길모는 놀랐다. 하얀 원피스 끝에 물린 긴 휴지자락. 그게 마치 특별한 한복의 춤사위처럼 보이지 않는가? 제법 전통무용 흉내를 낸 홍연이 즉석 공연을 이어가자 송 회장의 손에서 박수가 터져 나왔다.

"홍 부장님!"

박수 속에서 실장이 길모를 바라보았다.

"예."

"동동주 술동이를 비워주세요."

"네?"

"그리고 이 집에서 제일 비싼 술로 술동이를 가득 채워주세요."

"예?"

길모의 눈이 휘둥그레졌다. 이건 또 대체 무슨 상황이란 말인가?

"홍 부장님이 당황하신 거 같은데 설명드리세요."

은은한 미소를 짓고 있던 부사장이 입을 열었다.

"일단 술동이부터 채우시죠. 어차피 밤은 길고 회장님 발동도 걸렸습니다."

실장은 길모의 등을 밀었다.

루이 13세.

길모의 선택은 그랬다. 방 사장의 비축분 중에서 그나마 그게 좀 여유가 있었기 때문이었다.

"여섯 병 빼갑니다."

보고를 들은 방 사장이 입을 쩌억 벌렸다. 매상 때문이 아니었다. 매상이라면 루이 13세 여섯 병으로 몽몽 코스모틱에서 올린 매상을 넘을 수 없었다. 방 사장이 놀란 건 과정이었다.

동동주 주문.

아가씨들에게 니나노집 수준 요구.

두 가지로 미루어보아 쫑 났다고 판단한 방 사장이었다. 그런 차에 루이 13세 여섯 병이라니? 그 또한 충격이 아닐 수 없었다.

"으아, 결국 오더 떨어지는구나."

길모가 장호와 함께 주류창고에서 루이 13세를 세 병씩 안고 나오자 승만이 혀를 내둘렀다. 아가씨들도 대기실에서 몰려나와 그 광경을 바라보았다.

"아, 아까 그냥 개겼어야 하는 건데……."

"그러게. 괜히 후회 돋네."

에이스들의 한숨 소리를 들으며 길모는 1번 룸에 입성했다.

루이 13세 여섯 병.

그렇다고 진짜 동동주 술동이에 따르지는 않았다.

"한 잔 올리겠습니다."

길모가 첫 병을 들고 송 회장을 바라보았다.

"잠깐만!"

"……?"

"자네 혹시 이 술에 대해 알고 있나?"

송 회장의 물었다. 그러자 아가씨들의 눈동자가 죄다 길모에게 쏠려왔다.

"한마디로 왕의 술이지요."

길모는 그 말로 설명을 시작했다.

"루이 13세는 프랑스의 왕으로 프랑스 절대주의의 기초를 닦은 사람입니다. 이 술은 그랑 상파뉴의 첫 포도만을 원료로 사용해서 만들어 꼬냑의 황제로 불리고 있습니다. 루이 13세로 명명된 건 레미 마틴 가문이 코냑을 애호했던 루이 13세에게 감사의 표시로 이름을 붙임으로써 탄생했다고 합니다."

길모는 잠시 호흡을 고른 후에 말을 이어갔다.

"이 술은 19세기부터 유럽의 왕실과 정상들의 만찬장에 많이 사용되어 왕의 술로 불리며 1929년, 유럽 최고의 관광 열차로 꼽히는 오리엔트 익스프레스 VIP 승객에게 제공되는가 하면,

1935년에는 대서양을 건너간 초호화 여객선 노르망디호의 첫 항해, 1982년 초음속 여객기 콩코드의 첫 운항의 순간을 경험한 술이기도 합니다. 나아가 최근에 출시된 루이 13세 블랙펄은……."

"그만하면 되었네."

거기까지 듣던 송 회장이 길모의 말을 막았다.

"내가 왜 수고를 끼친 줄은 알겠지?"

"예… 술을 파는 사람이 술의 내력을 모르고서야 진정한 웨이터라고 할 수 없기 때문입니다."

"다른 술도 내력을 죄다 알고 계신가?"

"잘은 모르지만 사람의 얼굴을 기억하듯 술의 상(相)도 공부하고 있습니다."

"술의 상?"

"사람의 얼굴이 다 다르듯 술도 제각각이니까요."

"하핫, 그거 관상대가다운 말이군."

"별말씀을……."

"미안하네. 지금까지 내가 홍 부장을 좀 시험하고 있었네."

송 회장이 위엄을 뿜으며 말했다. 그의 눈에는 방금 전까지 엿보이던 허술함은 한 치도 남아 있지 않았다.

"시험이라면……."

"모르겠지만 우리 회사가 이번에 해외 건설에 박차를 가하고 있다네. 그래서 분주하던 참에 하필이면 심정지 불상사가 나질 않았겠나? 물론 홍 부장 덕분에 겨우 목숨을 부지하긴 했지만 말일세."

"……."

"워낙 큰 계약 건이라 그쪽 보스와 미팅을 갖기로 했는데 사단이 나지 않았나? 그래서 통화 중에 사실을 말했다네. 이러저러한 일이 있어 그러니 미팅을 좀 늦춰달라고."

"……."

"그랬더니 이 양반이 관상에 대해 흥미를 보이더란 말일세. 게다가 그 신비함을 자기도 체험하고 싶으니 이곳으로 초대해 달라는 요청과 함께!"

"……!"

길모의 위시해 혜수와 아가씨들의 눈이 무한 확장을 했다. 외국인, 게다가 송 회장조차 어려워하는 사람을 손님으로?

"해서 부득이 자네들의 임기응변과 능력을 시험해 볼 수밖에 없었으니 해량해 주시기 바라네."

"회장님!"

"안 되나?"

"그런 것은 아닙니다만……."

"자세한 건 우리 실무진과 협의를 하면 되겠지만… 여기 결정권은 누가 행사하고 계신가?"

"룸은 제가 합니다만 전체적인 건 사장님이……."

"지금 계신가?"

"예……."

"그럼 모셔오시게. 그분 동의도 필요한 일이니까."

송 회장이 잘라 말했다.

"뭐, 외국인 손님?"

길모의 설명을 들은 방 사장은 화들짝 놀랐다.

"그렇답니다."

"야, 그럼 넙죽 모시면 되지 뭐가 문제야? 송 회장이 쩔쩔매
는 외국 손님이면 초대박일 거 아니야?"

"아무튼 가보시죠."

"아, 그 양반 사람 여러 번 놀래키네."

방 사장은 거울 앞에서 넥타이를 바로 잡았다.

"간단히 말씀드리자면……."

이어지는 설명은 실장이 맡았다.

"이 가게 전체를 저희가 하루 빌리겠습니다. 룸은 두 개 정도
사용할 테지만 다른 손님은 일체 받으면 안 됩니다."

"아, 예……."

"그날 매상과 상관없이 사장님이 원하는 만큼 대관료 보상을
해드릴 테고요."

"어이쿠, 그럼 고맙죠."

"홍 부장님 말을 들으니 필요한 걸 구하는 재주가 뛰어 나시
다고요?"

"예… 뭐 책임만 지신다면야……."

"아가씨들은 그만 나가봐요!"

실장은 백만 원짜리 수표 세 장을 꺼내더니 홍연과 혜수 등에게 건네주었다.

"잠깐!"

돌아서는 홍연을 세우는 송 회장. 그러더니 수표 한 장을 더 올려주었다. 홍연의 흥이 마음에 든 모양이었다.

탁!

문 닫는 소리와 함께 룸 안에는 남자들만 남게 되었다.

"홍 부장님, 그리고 사장님!"

실장이 길모와 방 사장을 바라보았다. 그의 얼굴에도 비장미가 엿보였다.

"예. 말씀하십시오."

길모가 대답했다.

"이 일은 보통 일이 아닙니다."

"……."

"우선 절대 대외비입니다. 아시겠지요?"

"예……."

"동의한다면 여기에 사인을 해주십시오."

'계약서?'

방 사장이 길모를 돌아보았다.

"이 일은 외국 정상을 모시는 일만큼이나 중요하고 보안을 유지해야 하는 일입니다. 그렇기 때문에 두 분의 책임감을 위해서 준비한 겁니다. 물론, 자신이 없거나 원치 않으시면 포기하셔도 괜찮습니다."

"……."

"우리의 파트너는 홍 부장님입니다. 하지만 사장님이 이 가게의 주인이시고 적극 지원이 필요한 일이기에 동시 서명을 원할 뿐입니다."

"걱정 말고 진행하십시오. 제가 책임지고 홍 부장을 밀어줄 테니까요."

방 사장이 대답했다.

"외국 손님은 두 명입니다. 통역이 붙을 테고… 우리 측에서는 회장님과 제가 착석하게 될 겁니다."

"아가씨들도 필요합니까?"

길모가 물었다.

"접대는 여기서 하던 대로 하시면 됩니다. 관상에 흥미를 가지고 오는 것이니 시설을 탓하지는 않을 겁니다. 여기서의 접대는 그것뿐이니 다른 걱정은 안 하셔도 됩니다."

'2차는 없다는 얘기…….'

길모는 송 회장의 말을 곱씹었다.

"그럼 읽어보시고 사인하시죠. 우리가 원하는 건 보안입니다. 다른 건 문제 삼지 않을 테니 염려치 마시고 접대가 원만히 끝나면 계약서는 바로 파기하겠습니다."

길모는 계약서를 훑어보았다.

사전 보안 누설 시, 행사를 취소할 시 예상 지불액의 100배를 배상키로 함.

계약 위반에 대한 징벌은 100배.

계약 조항이 가혹한 건 보안 때문으로 보였다. 그러니 보안만 유지하고 정해진 날짜에 손님만 받으면 그만인 조건. 특별히 문제될 게 없었다.

"손님은……."

실장은 또렷한 음성으로 뒷말을 이었다.

"사우디아라비아 실세 왕자십니다. 이건 접대가 끝나는 날까지 초특급 보안으로 유지하시기 바랍니다!"

절대 보안!

사우디 왕자!

지구의 큰손.

길모의 척추뼈가 후들거리기 시작했다.

제2장

답은 네 안에 있다

사우디아라비아!

그 나라의 왕자.

말하자면 이건 중국 출장의 역관계와 닮았다. TPT의 운명까지는 아니지만 중대한 계약을 위한 기름칠이 분명한 것이다. 지상 최대의 접대를 길모의 1번 룸에서 벌이게 되었다.

"살펴 가십시오."

계산을 마친 길모가 방 사장, 장호, 혜수 등의 아가씨들과 배웅을 했다.

"또 보세."

송 회장은 길모의 팔뚝을 툭 쳐 주고는 세단에 올랐다. 위엄

을 뿜을 때는 카리스마가 폭발하지만 소박한 일면도 가지고 있
는 송 회장이었다.

"후우!"

방 사장의 입에서 긴 한숨이 새어 나왔다. 어쩌면 길모보다
더 긴장하고 있는 것으로 보였다.

"나 좀 보자."

방 사장은 그 말을 남기고 먼저 계단을 내려갔다.

"다들 수고했어."

길모는 사단을 격려했다. 매상은 가볍게 4천만 원. 거기다 아
가씨들 팁으로 따로 찔러준 돈도 천만 원짜리 수표였다. 그 수
표는 혜수가 대표로 받았다.

그러자!

"헤르프메!"

혜수는 수표를 길모에게 돌려주었다.

"가끔은 너희들이 써도 괜찮아."

"헤르프메!"

기부하라는 말이다. 길모의 말도 먹히지 않았다. 처음에는 관
상으로 받은 팁만 기부를 했지만 이제는 아가씨들도 종종 동참
하고 있었다.

"그럼 카운터에서 바꿔가지고 너희들 이름으로 입금하고
와."

길모는 혜수의 등을 밀었다. 스스로 하는 것과 대행은 다르

다. 그건 해본 자만이 알 수 있었다. 혜수와 홍연 등은 외투를 걸친 채 까르르 웃음을 터뜨리며 은행으로 뛰어갔다.

"앉아라."

사무실의 방 사장은 벽에 기댄 채 서 있었다.

"사장님도 앉으시죠."

길모가 자리를 잡으며 말했다.

"대기만성……."

"네?"

"홍 부장, 너 말이다. 그 말이 딱이야."

"왜 또 그러세요."

"솔직히 차마 내쫓지 못하고 진상 처리 맡길 때만 해도 언제 내보낼까 타이밍 꼽고 있었다. 그런데 이렇게 기똥쌈빡한 에이스가 될 줄이야……."

"낮술 아직 안 깼어요?"

"진심이다. 이놈아, 이래서 세상은 살아도 살아도 배울 게 있다고 하는 거야."

"갑자기 웬 개똥철학은……."

"가끔은 네 머리통 한 번 열어보고 싶을 때가 많다. 대체 어떻게 바뀌었길래 사람이 180도 변한 건지……."

"다 사장님 덕분이라니까요."

"태국 여행?"

"예. 거기 안 갔으면 오늘의 홍길모는 없었습니다."

"그것도 네 운이지. 아, 막말로 태국 가서 사람이 바뀔 거 같으면 개나 소나 다 가겠다. 안 그래?"

"뭐 그건……."

"아무튼 내가 요즘은 홍 부장 너 때문에 산다. 몽몽의 전설이 가시기도 전에 이번에는 대한민국 굴지의 그룹 TPT라니?"

"주류 공급망이나 잘 체크해 주세요. 사우디 왕자 중에서도 막강한 사람이라 억대 술을 찾을 지도 모르지 않습니까? 혹시라도 요청 들어오면 바로 준비할 수 있게."

"얌마, 그건 걱정 마라. 내가 지구에 없으면 안드로메다에 가서라도 구해올 테니까."

"그러셔야죠."

"너는 괜찮냐?"

"뭐가요?"

"관상 말이야. 내가 그쪽은 문외한이지만 사우디 사람이랑 한국 사람은 다르잖아? 중국이나 일본도 아니고?"

"……!"

"게다가 네가 잘하고는 있지만 아무래도 고급 룸싸롱 경험도 여기가 처음이고……."

방 사장은 길모를 바라보며 말을 이었다.

"그래서 말인데 너 다른 가게도 한 번 돌아봐라. 공부도 할 겸."

"공부요?"

"솔직히 강남이나 여의도 스페셜들하고는 우리가 게임이 안 되잖아? 심연 김 부장한테 예약 잡아줄 테니까 슬쩍 손님으로 가서 노하우 좀 따먹으란 말이다. 그런 데는 외국의 굵직한 바이어들도 많이 바글거리니까."

'노하우라?'

"남의 나라 왕자니까 흠 안 잡히게 제대로 하잔 말이다. 누가 아냐? 우리가 중동에 알려져서 그쪽과 연관된 석유재벌들이 단체로 올지? 그리고… 합석한 아가씨들 중에서 왕자의 프러포즈를 받아서 미국의 그레이스 캘리처럼 왕족이 될지?"

신분 상승의 전설 그레이스 캘리.

그녀는 상류사회라는 영화에 함께 출연한 프랭크 시내트라에게 2달러 지폐를 받은 후에 모나코 왕비가 되었다. 2달러와는 상관없지만 손님은 사우디의 막강한 왕자. 가능성까지 없는 일은 아니었다.

"그럼 예약해 주십시오. 그렇잖아도 다른 가게가 궁금하던 차인데 겸사겸사 공부 좀 하겠습니다."

"좋아. 그런데 말이야……."

"예?"

"거기 가서 눌러앉으면 안 된다."

방 사장은 엄포부터 놓았다.

"그러죠."

길모는 가볍게 웃으며 답했다.

[형······.]

복도로 나오자 장호가 다가왔다.

"자세한 건 나중에 말하고 사우디아라비아 왕자 한 번 검색해 봐라."

보안이 필요하니 크게 말할 수조차 없었다. 박스만 해도 네 개에 달하는 카날리아에는 벽에도 귀가 있기 때문이었다.

사우디아라비아!

복도 끝의 간이 책상에 놓인 노트북 위를 장호의 손가락이 날아다녔다.

[나왔어요.]

"······!"

검색어 몇 줄을 확인한 길모는 입을 쩌억 벌렸다. 사우디아라비아의 왕자는 한둘이 아니었다. 그럼 열 명? 그 정도만 되어도 입까지 벌리지는 않았을 것이다. 사우디의 왕자는 열 명도, 백 명도 아니고··· 무려 수천 명이었다.

수천 명!

얼마 전에 사우디아라비아의 국왕이 죽었다. 그 국왕은 7천 여 명에 달하는 왕자와 공주들의 수당을 감축했다고 한다. 숫자를 의심하면서도 계속 읽어나갔다. 사우디 왕가의 규모는 자그마치, 자그마치 1만 5천여 명에 달한단다.

프헐!

잘하면 국가 하나를 이룰 수준이다.

여기서 주목할 점은 사우디는 일부다처제 국가. 즉 남자가 능력만 있다면 몇 명의 아내를 들여도 합법적이라는 사실이었다. 다만 실제 서민들은 꿈도 꾸지 못할 일이란다. 아내를 많이 들이려면 그만한 능력이 있어야 하는 것. 그건 세계 공통인 모양이었다.

왕가의 규모가 이토록 어마어마하다 보니 권력과 금력도 왕가가 좌지우지하고 있었다. 국방장관, 내무장관, 외무장관 등에 더불어 주요 지사는 왕가가 차지한다. 각료급이 아닌 군과 경찰, 정보기관 등 안보 관련 고위직도 모두 왕가 몫이다.

'푸헐!'

거기까지 읽고 잠시 숨을 돌렸다. 조선시대 전제왕권보다도 강력한 장악력이었다.

다음으로 사진을 찾았다. 하지만 그것뿐이었다. 이미 알았다시피 사우디의 왕자는 수천 명. 7천여 명의 왕자와 공주라니 반으로 잘라도 3천 5백명이다. 인터넷에 사진이 몇 장 올라와 있지만 어느 왕자가 올지 아는 바가 없는 길모. 다만 한 가지는 분명했다. 굴지의 재벌 그룹을 파트너로 사업을 벌이는 처지라면 실세에 속한다는 것.

그러나 길모의 얼굴은 바로 굳어버리고 말았다.

관상학!

애당초 이걸 누가 만들었던가? 바로 중국에서 건너온 것이다. 누굴 중심으로 만들었던가? 중국 사람이 기준이 되었다. 그

러나 우리나라는 일찌감치 관상을 받아들이면서 한국적 토착관
상학이 자리를 잡았다.

방 사장의 우려는 기우가 아니었다.

한국 사람과 이목구비가 완연히 다른 사우디아라비아 사람
들. 가장 큰 문제는 눈썹과 그 뼈 부근의 미릉골, 코 뿌리인 산
근, 나아가 질병과 재산을 보는 코 전체였다. 이 부분들은 죄다
두툼하거나 깊었다.

거기다 코털!

그것은 인중을 볼 수 없게 만들고 유년운기 부위의 50대 운을
죄다 가리고 있는 것이다.

'쉿!'

길모의 마음에 빨간 불이 켜졌다.

이날 마지막 테이블은 도도건설 천 사장이 장식을 했다. 악덕
하청업자 하 사장에게 시달리다 길모의 도움을 받은 바로 그 사
람. 지방 건설현장에서 올라온 그는 은행지점장을 모시고 길모
를 찾아왔다.

"아이고, 홍 부장님!"

천 사장은 부모형제라도 만난 듯 반색을 했다. 길모가 보니
안색도 좋았다. 명궁과 재복궁에 맑은 빛이 돌고 있어 사업이
풀리고 있음을 암시하고 있었다.

아가씨는 승아와 유나가 들어왔다. 혜수와 홍연이 2번 룸에

서 손님을 모시고 있었기 때문이었다.

"인사드려요. 이분은 인덕은행 지점장님!"

천 사장이 길모에게 지점장을 소개했다.

"잘 부탁드립니다."

길모는 명함을 주고받았다.

"이 친구가 제가 말씀드린 그 관상왕입니다. 족집게, 족집게 이런 족집게가 없다니까요."

천 사장의 입에서 침이 튀었다.

"그래요?"

지점장은 마지못해 웃었다. 일반적인 반응이었다. 지식인들, 흔히 고학력자일수록 관상이나 손금, 사주, 점 같은 것을 무시하는 경향이 있다. 그러니 지점장께나 하는 사람이 처음부터 빽가는 것도 바른 상식은 아니었다.

"술은 뭘로 준비해 드릴까요?"

"발렌타인 17년. 괜찮겠죠?"

"그럼요. 준비해 드리겠습니다."

길모는 기꺼이 제일 싼 술(?)을 세팅해 주었다.

"내가 괜한 공치사는 아니고 홍 부장 만난 게 행운인가 봅니다. 그때 그 악독한 하 사장 놈에게 체불된 공사대금 받은 후로 일이 술술 풀리고 있거든요. 오늘도 여기 옥 점장님이 대출 승인해 주셨고요."

"그거야 천 사장님이 뚝심도 있는 데다 조건이 되니까……."

지점장이 웃으며 말했다.

"에이, 그건 아닙니다. 제가 벌써 세 번째 찾아간 건데 매번 퇴짜 맞았거든요. 오늘도 아마 점장님 만나지 못했으면 여기 와서 신세 한탄이나 하고 있을 지도 모릅니다."

천 사장의 말이 계속 이어졌다.

천 사장!

좀 더 큰 공사에 도전하기 위해 장비가 필요했다. 고액의 장비다 보니 자금이 딸렸다. 그래서 은행 대출을 신청했는데 그게 승인이 떨어진 모양이었다.

"우리 점장님이 꼭 나 같단 말이죠. 너무 고마워서 대포 한잔 하자니까 막무가내로 사양하시는 겁니다. 그래서 제가 회식날 기다렸다가 직원들과 헤어지시는 걸 채왔습니다. 딱 한 잔만 하려고 말이죠."

"저도 놀랐습니다. 대리기사 불렀는데 천 사장님이 운전석에 계셔서……."

"제가 그 대리기사에게 대리를 샀지요. 점장님 한 번 모셔보려고 말입니다."

"그래도 다시는 이러지 마십시오."

"글쎄 이렇다니까요. 그래서 내가 홍 부장님 자랑을 했더니 겨우 허락하시더라고요."

천 사장은 아이처럼 무용담을 늘어놓았다.

"솔직히 관상보다도 천 사장님 성의 때문에… 그렇게까지 공들여서 술 사려는 고객 없거든요."

"아무튼 한 잔 드십시오. 이 룸에 들어오면 행복은 더해지고
슬픔은 줄어드니까요."

천 사장의 말을 들은 지점장의 눈이 벽의 문구로 향했다. 한
문을 읽은 지점장은 조용히 웃어넘겼다.

'박약지상(薄弱之相)!'

길모는 지점장의 상을 파악했다.

작은 체구에 가냘픈 외모. 조용해 보이지만 어두운 기색이다.
그러나 이마는 훤해 부모 덕을 입었다. 어린 시절 펄펄 날았으
니 좋은 학교를 나와 은행에 취직했다. 그 여세로 지점장까지
무난하게 올라왔다.

'46세에 지점장……'

지점장의 빛은 거기까지였다. 코의 준두 아래로 펼쳐지는 하
정이 급속도로 흘러내렸다. 엎친 데 덮친 격으로 부하 운도 좋
아 보이지 않았다. 그러니 더 이상의 승진은 무리였고 지점장
자리를 보전하기에도 힘이 부칠 판이었다.

거기다 아득해지는 부부궁과 자녀궁.

'기러기 아빠로군.'

길모는 조용히 눈을 감았다. 모르긴 해도 아내는 자녀를 따라
해외로 나갔다. 그리고 다시는 돌아오지 않을 것이다. 지점장의
간문에서 생기가 빠지고 있는 까닭이었다.

"홍 부장님, 우리 지점장님 관상 좀 봐주세요."

천 사장이 포문을 열자 길모는 지점장을 바라보았다.

"부하 직원들 사진 있으세요?"

"사진은 왜?"

"지점장님이 부하들 때문에 애를 먹는 거 같아서요."

"예? 그걸 어떻게?"

단 한마디에 소스라치는 지점장.

"그러게 제가 뭐랬습니까? 홍 부장님 관상은 절대적이라니까요."

천 사장이 바로 지원사격에 가세했다.

"설마 미리 말 맞춘 거 아니죠?"

놀란 지점장이 천 사장을 바라보았다.

"아이고, 저도 오다가 차에서 들었는데 언제 전화를 합니까?"

천 사장이 손사래를 치자 지점장은 마지못해 전화 화면을 열었다.

"그럼 한 번 맞춰보세요. 누가 내 속을 썩이는지."

사진은 지점의 단체사진이었다. 여직원 몇 명과 남자 직원들, 그리고 청원경찰까지 보였다.

"이 사람이군요."

길모가 짚은 건 미모의 여직원이었다. 지점장은 또 한 번 자지러졌다.

"세, 세상에!"

"하지만 배후가 있습니다."

"배후?"

길모는 지점장 옆에 선 남자 직원을 짚었다.

"우리 이 차장요?"

"잠깐만요."

길모는 전화기를 들어 화면을 키웠다. 그런 다음에 담담하게 말을 이었다.

"두 사람이 연인 사이 같습니다."

"……?"

"맞습니까?"

눈이 휘둥그레진 지점장에게 천 사장이 물었다.

"이런… 그래서 저번에도?"

지점장, 뭔가 짚이는 곳이 있는지 전화기를 받아 든 손이 파르르 떨기 시작했다.

"그리고……."

"……?"

"사모님과 멀리 떨어져 계시죠?"

"그, 그것도 얼굴에 나와요?"

"거자일소(去者日疎)라… 죄송하지만 앞으로도 영영 떨어져 사실 것 같습니다."

거자일소.

눈에서 멀어지면 마음도 멀어진다는 뜻. 그 말을 알아들은 지점장이 파뜩 고개를 들었다.

"홍 부장님, 그 말은 좀……."

듣고 있던 천 사장이 눈살을 찌푸리며 말했다. 하지만 당사자인 지점장은 달랐다. 그는 말 대신 술잔을 거푸 비워냈다.

"아닙니다. 홍 부장님 말이 맞아요. 아내 쪽도 뭔가 낌새가 이상하던 참이라… 가끔 전화 걸면 꼬부랑 말하는 남자 놈이 받곤 하더라고요. 왠지 기분 더러웠어요."

지점장이 빈 잔을 내밀었다. 길모는 승아가 든 병을 받아 잔을 채워주었다.

"그럼 좋은 시간 되십시오!"

그쯤에서 정리한 길모가 복도로 나왔다. 소소한 것들은 누구든 자신이 헤쳐 나갈 몫이다. 그러니 그런 디테일까지 알려줄 필요는 없었다.

천 사장과 지점장은 발렌타인 두 병을 비우고 돌아갔다.

대구탕으로 새벽밥을 먹고 풍경 오피스텔로 돌아온 길모와 장호. 길모는 뜨끈뜨끈한 욕조에서 피로부터 풀었다.

길모가 나오자 장호가 그 뒤를 이었다. 머리를 말리던 길모는 문득 침대 위에서 희끗거리는 것들을 보았다.

"뭐야?"

다가가 보니 사진이었다. 사우디아라비아 왕자들이었다. 자그마치 수십 명이나 되었다. 길모, 한숨이 작렬했다.

왕자라면 다 젊고 핸섬할 줄 알았던 환상은 이미 와장창 깼지만 이건 해도 너무했다. 왕자 중에는 거의 할아버지급으로 보이는 사람까지 있지 않은가? 알고 보니 이 사람들, 왕과 약간의 관계만 있어도 왕자라고 한단다.

"야, 최장호!"

괜한 짜증이 폭발하며 소리를 질렀지만 욕실 안에서는 샤워기 물소리만 시원하게 흘러나왔다.

쏴아아!

아싸!

아싸라비야!

사우디아라비아!

물소리까지도 길모 귀에다 사우디를 재잘거리는 것만 같았다.

*   *   *

잠을 잤다.

머리가 복잡할 때는 자는 게 보약이었다. 자고 나면 에너지가 쌓인다. 슬픔이나 괴로움도 무뎌진다. 혹자는 시간이 약이라고 하지만 어쩌면 잠이 약인 지도 몰랐다. 시간이 아무리 지나도 잠을 안 잔다면, 빡 돌아버릴 사람은 지천이었다.

하지만!

인기가 문제였다. 전 같으면 깨고 싶을 때 깰 수 있었지만 지금은 아니었다. 누구든 길모의 생활을 알려만 다들 자기 입장에서 생각한다. 그들의 낮과 길모의 낮이 같은 줄 아는 것이다. 그리하여 몸이 두 개라도 모자랄 길모, 결국 전화벨 소리에 잠이 깨고 말았다.

'스팸?'

모르는 전화번호였다. 그냥 끊어버릴까 싶었지만 그럴 수 없었다. 길모가 모르는 사람도 길모를 알 수 있었다. 그게 바로 '지인 소개'였다.

"여보세요?"

목청을 두어 번 가다듬고 친절하게 전화를 받았다. 잠을 방해한 사람은 은행지점장이었다.

—나 옥 지점장입니다. 어제 들렀던…….

"아, 네. 옥항규 지점장님!"

길모는 얼른 명함을 꺼내 이름까지 붙여주었다. 이건 프로 세일즈맨의 강의 이후에 붙인 습관이었다. 그들이 잘나가는 비결 중의 하나에 속한다. 그들은 사람을 만나면 결코 허투루 상대하지 않았다. 술판에서 어쩌다 가족 이름이 나오면 그걸 적었고, 생일이거나 자동차 접촉 사고 같은 것도 몰래 적었다. 그리고 다음에 만나면 그걸 화두로 꺼낸다.

'초등학교 다니는 아드님 이름이 성민이었죠? 공부 잘하나요?'

'지난번 접촉 사고는 잘 마무리되었나요?'

'내일이 부장님 생일이던데 좋은 날 되시기 바랍니다.'

다들 자기 먹고 살기 바쁜 세상이다. 그러니 누가 놀라지 않을 것인가? 더 놀라운 건 이런 성의와 정성이 일회성이 아니라는 사실이었다. 사람은 누구나 자기를 챙겨주는 사람을 잊지 못하는 법이다.

—어이쿠, 벌써 제 이름까지 기억합니까?

옥 지점장이라고 다를 게 없었다.

"당연히 기억해야죠. 잘 들어가셨나요?"

—아, 예… 덕분에…….

"뭐 도와드릴 일이라도 있습니까?"

—아닙니다. 어제 일로 인사나 드리려고…….

"어제 일요?"

—제 부하 직원들 말입니다. 홍 부장님 말 듣고 제대로 추궁했더니 줄줄이 고백하더군요. 여직원은 사표 내기로 했고 남직원은 다른 지점으로 보내기로 해서 쿨하게 정리를 했습니다.

"다행이군요."

—와이프 일도 조만간 정리를 할 겁니다. 결단을 내릴 계기를 만들어줘서 고맙습니다.

"무시하실 수도 있었을 텐데 보잘것없는 웨이터 말에 귀 기울여줘서 제가 오히려 감사합니다."

—보잘것없다뇨? 천 사장님께 듣자니 온갖 유명 인사들을 팬으로 두셨다던데…….

"과찬이십니다."

─제가 힘은 없지만 언제든 생각나면 연락주세요. 카날리아가 비싼 곳이라 자주는 못 가지만 더러 들리겠습니다.

"예, 지점장님!"

길모는 깍듯한 말을 남기고 전화를 마무리했다.

[은행 지점장님이에요?]

통화 소리에 잠이 깬 장호가 하품을 하며 물었다.

"그래."

[또 관상 적중인가요?]

"그렇단다."

[그럼 단골 한 분 추가네요?]

"뭐 그럴 수도… 하지만 낭비하지 않는 관상이라서 자주 오지는 않을 거다."

[에? 그럼 우리는 뭐 먹고 살라고…….]

장호가 눈을 휘둥그레 떴다.

"왜? 요즘 벌이로 만족 못 하냐?"

[하핫, 그건 절대 아니고요.]

장호는 텀블링을 하듯 팔딱 뛰어 일어났다. 그 순간 길모의 전화가 또 울렸다. 이번에도 모르는 전화번호였다.

"여보세요?"

─…….

두 번을 거푸 물었지만 전화를 건 사람은 말을 하지 않았다.

[스팸이에요?]

"글쎄? 말을 안 하네. 여보세요, 여보세요?"

몇 번을 더 다그치자 전화기에서 말소리가 흘러나왔다.

—저기……

"홍 부장입니다. 말씀하세요."

—저… 김대욱이라고……

'김대욱?'

길모는 반사적으로 달력을 바라보았다. 그러자 거기 적힌 이름이 눈에 들어왔다. 절대금고의 주인을 만났던 급식 봉사장, 거기서 만났던 노숙자의 이름이었다.

"아, 김대욱 선생님……"

—선생님은 무슨……

"아, 오늘이 만나기로 한 날이죠?"

바쁜 까닭에 까맣게 잊고 있던 길모, 달력에 체크한 표시를 보고서야 알았지만 시치미를 떼며 말했다.

—그때 괜한 말을 하신 건가 싶어서 망설였는데 그래도……

눈치 빠른 길모는 전화의 의도를 알았다. 세상에 난무하는 공수표. 그러니까 길모가 호기로 한마디 던진 건가 싶어서 확인하는 모양이었다.

"절대 아니니까 이따가 옷 단정하게 입으시고 가게로 오세요. 아셨죠?"

길모는 당부를 남기고 전화를 끊었다. 오늘은 노봉구의 예약이 들어온 날. 그에게 노숙자 구제를 매칭시켜 볼 참이었다.

간단히 식사를 마친 길모는 차 키를 장호에게 던져 주었다. 모상길을 찾아갈 작정이었다.

[안전띠를 매주시죠.]

오토바이 대신 캐딜락의 핸들을 잡은 장호가 수화를 그렸다.

"옛썰!"

길모가 대답하자 캐딜락이 부드럽게 시동을 걸었다.

[저 어때요?]

장호가 선글라스를 끼며 물었다.

"죽인다."

[이러고 이 차 끌고 나가면 여자 좀 꼬이겠어요?]

"왜? 야타라도 나가게?"

[한 번 해볼까요?]

"수화 아는 아가씨들이 많을까?"

[그건 문자로 하면 돼요.]

"아서라. 본격적으로 나서기엔 차가 좀 딸린다."

[에이, 아니에요. 국산 스포츠카 어마무시 튜닝해서 나오는 애들도 있다던데요.]

외제 스포츠카 헌팅족 이야기다. 실제로 존재하는 이야기다. 외제 스포츠카 동호회의 일부는 세칭 번개팅이라는 걸 한다. 외제 스포츠카를 가진 사람은 공지를 올려놓고 약속 장소로 가면 끝이다.

법칙은 단 하나.

여자들이 모여서 외제차를 기다린다. 그녀들끼리 이미 순번이 정해져 있다. 외제차가 도착하면 1순위부터 자기 마음에 드는 차에 올라탄다. 불문율이다. 그러므로 딱히 좋은 차라고 유리한 건 아니다. 1순위를 잡은 여자가 얼짱이라고 생각해 보라.

그런데 재미난 건 아주 얼짱은 나오지 않는단다. 생각보다 이상한 날라리만 꼬이는 것도 아니란다. 야타 해서 뭐 하냐고? 그건 각자의 주관 문제이다.

한참을 달린 차는 한적한 주택가에 멈췄다.

길모는 일단 대형마트부터 들렀다. 약주를 한 병 고르고 나서 과일 코너로 향했다. 과일은 많았다. 그런데 어떤 게 맛있는 걸까? 길모가 고민하는 건 과거에 당했던 수박의 기억 때문이었다.

수박!

이것 참 은근히 고르기 어렵다. 더러는 갈라서 쪽으로 파는 것도 있지만 한 통을 사야 할 때는 늘 그랬다. 왜냐하면 더러 먹기 난감한 맛을 가진 게 있는데 겉만 봐서는 알 수가 없는 것이다.

두드려 보면 안다고?

솔직히 말은 그렇지만 그 소리로 정확히 구분하는 사람이 누가 있을까? 배도 마찬가지다. 다들 큼지막하고 맛있어 보이지만 막상 먹어보면 어떤 건 너무 퍽퍽해서 줘도 못 먹을 것들이 많았다.

'괜찮은 아이템이란 말이지……'

거기서 김대욱을 생각했다. 맛있는 과일과 싱싱한 생선 등을 골라 구매, 배달해 주는 대행업. 그걸 고를 재주만 있다면 소비자들에게 큰 반향을 일으킬 것 같았다.

모상길!

그의 집은 단출했다. 작은 마당이 딸린 낡은 2층 주택이었다.

"잠깐만 기다려 주세요."

미리 온 손님이 있는지 40대 초반의 여자가 나와 양해를 구해 왔다. 관상을 보는 걸까? 은퇴했다고 들었지만 찾아오는 사람 쫓아낼 수는 없을 일. 문득 방 안 풍경이 궁금해졌다.

"들어오시랍니다."

잠시 후에 여자가 안쪽을 가리켰다. 손님이 나오기도 전이었다.

"모 대인님!"

거실에 들어선 길모가 꾸벅 인사를 올렸다. 예상대로 모상길은 관상을 보고 있었다.

"앉으시게. 마침 늙은이에게 관상을 부탁하러 온 사람이 있어서 말일세."

모상길의 앞에 앉은 사람은 중년의 부인이었다.

"오늘 사모님이 행운의 날이로군요. 이 친구가 바로 저보다 백배는 뛰어난 한국 관상의 간판스타랍니다."

모상길은 그렇게 길모를 소개해 버렸다. 시름이 가득 찬 부인이 가만히 인사를 해왔다. 길모도 가볍게 맞인사를 했다.

"보시게. 이 양반… 용서해 주면 제 버릇 남 줄 수 있겠나?"

모상길이 내민 건 두 장의 사진이었다. 60대 초반의 초로의 남자였는데 갖은 멋을 부린 모습이었다.

'바람둥이…….'

한눈에 상황이 간파되었다. 부인의 간문은 시들대로 시들어 있다. 그렇다면 수십 년간 부인을 두고 바람을 피워왔다는 얘기. 그러나 세월이 흘렀다. 늘그막에 황혼 이혼을 하는 사람도 많지만 반대로 황혼이라 자식들 체면에 이혼하지 못하는 사람도 많았다. 이 부인이 그런 케이스였다.

용서하면 다시는 한눈 팔지 않고 정신을 차릴 것인가? 그걸 알아보러 온 모양이었다.

초로의 남자!

바닥에서 생기가 말라가고 있었다. 당연히 동공도 푸석해 보였다. 동공의 찌듦은 곧 신장의 허덕임을 의미하는 것이니 정기가 말라붙은 것. 이런 사람이라면 비아그라 할아버지를 먹어도 거시기의 체면을 세울 수 없었다.

그러나 아직은 간문에 실오라기 추문이 남아 있다. 사랑하든 아니든 여자가 붙어 있다는 뜻. 다행히 점점 희미해지고 있어

두어 달 안에 정리가 될 것 같았다.

"세 달 후에 받아들이시면 될 것 같습니다."

길모가 말했다.

"세 달 후에 받아들이세요."

모상길은 앵무새처럼 따라했다. 부인은 꾸벅 인사를 하더니 뒷걸음질로 물러갔다.

"십수 년 전에 아들이 사업을 할 때 내가 상을 봐준 사모님이시네. 그때 인연으로 더러 찾아오시니 박대할 수 없기에……."

"……."

"아무튼 홍 부장이 나를 살렸군. 내 재주로야 어찌 그렇게 용하게 찍어줄 수 있었겠나?"

모상길이 웃었다.

"과찬이십니다."

"과찬이 아닐세. 홍 부장의 기색 파악은 신의 경지에 가까운 것이니……."

"아직 갈 길이 멉니다."

"그래, 뭐 물어볼 게 있다고?"

"예……."

"허어, 바쁜 사람이 전화로 해도 된다니까 굳이 올 건 또 뭔가? 이런 누추한 곳에……."

"지난번에 중국에 갈 때도 바쁘다는 핑계로 전화로 물었더니 죄송해서 찾아왔습니다."

"죄송할 게 뭐 있나? 관상도 실력대로 가야 하는 것이니 자네가 나보다 위라면 위지. 어려워할 거 하나도 없네."

"저는 늘 대인님께 배우고 있습니다."

"그거야 자네야 겸손하니까 그렇지. 우리 백도완이 같았으면 나를 깔아뭉개고도 남았을 걸세. 이 바닥 물이 워낙 그렇다네."

"별말씀을……."

"아무튼 왔으니 차 드시면서 할 말이나 해보시게. 이 허접한 늙은이가 뭐 힘이 될 게 있을까마는……."

모상길은 여자가 내온 차를 권했다.

"밑천 드러난 나한테 관상 배우겠다고 들러붙어 있는 여자라네. 뭐 저러다 곧 가겠지만……."

"예……."

길모는 차 한 잔을 넘기며 천천히 입을 열었다.

"혹시 서양인 관상을 본 적이 있으신지요."

"서양인? 중국에 다녀오시더니 이번엔 미국에라도 가시는 건가?"

"미국이 아니고 중동 지방에서 손님이 오실 거 같습니다."

"중동?"

모상길의 눈이 휘둥그레졌다.

"아무래도 그쪽 상은 한국이나 중국과 많이 다른 거 같아서……."

"하하핫, 역시 우리 홍 부장은 국대급 관상대가시군. 중국에 이어 중동이라? 이거야말로 글로벌 관상가가 아니신가?"

"난감해서 찾아온 것입니다."

"그렇겠군. 중동인들도 코쟁이가 있고 칼라 눈에 피부색까지 여러 가지니……."

"대인님은 경험하셨는지……."

"전혀!"

모상길이 잘라 말했다.

"……."

약간의 기대를 가지고 있던 길모의 눈빛이 슬쩍 흔들렸다.

"이거 흥미롭군. 중국은 그렇다고 쳐도 중동 사람이라……."

"될까요?"

길모가 반듯하게 시선을 들었다.

"……."

"안 될까요?"

"되지, 자네라면!"

잠시 숨을 돌린 모상길은 거침이 없었다. 너무 쉽게 대답하니 차라리 야속할 지경이었다.

"모 대인님!"

"이 늙은이에게 조언을 구하러 왔다면 두 가지 말을 해드리겠네."

'두 가지?'

"첫째는 백문이 불여일견!"

부딪쳐 봐라.

모상길의 의미는 그것이었다.

"만약 그래도 안 되면……."

운을 떼고는 의미심장하게 길모를 꿰뚫어보는 모상길.

"이걸 생각하면 도움이 될 걸세. 사통팔달(四通八達)!"

사통팔달!

모든 길은 로마로 통한다는 말.

"사통팔달이라면?"

"뭘 되물어보시나? 자네는 이미 다 알고 있네."

"……."

"그만 가보시고 나중에 후일담이나 들려주시게나. 백문이 불여일견이니 그 두 가지면 자네가 보지 못할 관상은 지구 상에 없을 테니."

"……."

"어허, 바쁘신 몸 아닌가?"

"그럼 혹시 육천득이라고 이름을 들어보셨는지?"

"누구?"

손사래를 치던 모상길이 미간을 움푹 찡그렸다.

"육천득!"

"자네가 그분을 알아?"

"오가다 주워들은 이름입니다만……."

"허어, 그야말로 사통팔달이로고. 이제 대한민국 관상가의 길은 모두 자네에게 통하는가 보이."

"아시는군요?"

"알다마다. 그 양반 또한 한 시절 영남 쪽의 대표 관상가가 아니셨나?"

'영남의 대표 관상가?'

"내 만나본 적은 없지만 삼사십 년 전에는 관상의 쌍두마차로 불리던 분이시지. 그러다 노망이 나서 사라졌다고 들었는데?"

"정신병원에 계시다고 들었습니다."

"허어, 그럼 그 소문이 사실이었나 보군."

"소문이라고요?"

"그게 말일세……."

모상길은 말을 아꼈다. 입을 열기 곤란한 사연이 있는 모양이었다.

"제가 알면 안 되는 일입니까?"

길모가 묻자 모상길은 일없이 턱을 쓰다듬었다. 그러다 겨우 입을 열었다.

"하긴 소문이긴 하지만 자네도 어차피 겪을지 모르는 일이니 경계 삼아 말해주겠네."

"고맙습니다."

"바로 대권(大權)에 얽힌 일이라네."

"……!"

대권!

달리 말하면 대통령. 육천득이 대통령과 연관? 길모의 정신 줄에 팽 하는 소리와 함께 맹렬한 긴장이 달려들었다.

그 대권…….

관상 좀 본다고 소문나면 결코 비껴갈 수 없는 일. 그러나 적중하지 못하면 바로 간판을 내릴 수도 있는 일…….

모상길의 시선은 길모에게 꽂혀 떠나지 않았다. 길모의 어깨 뒤로 모상길의 휘호가 보였다.

국무상강무상약(國無常强無常弱)!

한비자가 한 말로 영원히 강한 나라도 없고, 영원히 약한 나라도 없다는 뜻. 모상길을 그걸 관상에 대비하고 있었다. 영원한 일인자도 없고 영원한 허접도 없다. 그랬기에 한때는 육천득이 관상 강호를 주름잡았고, 또 한때는 모상길이 그 뒤를 이었다.

그러나 지금은,

홍길모의 세상!

길모가 휘호를 돌아보자 모상길이 잔잔하게 말을 이었다.

육천득은 모처에 의해 작업을 당했다!

한마디로 그것이었다.

왜?

천기를 누설할 우려가 있었기 때문이란다. 그는 당대의 관상가. 그가 관상 소견을 발표하면 정치권에 영향을 줄 수 있었다. 물론 모상길은 알고 있었다. 관상가들 사이에는 이미 육천득이

찜한 대권주자 소문이 돌았던 것을. 그러다 모상길은 육천득의 정신세계(?)에 갑작스러운 이상이 생겼다는 말을 듣게 되었다. 그게 전부였다.

"그, 그런?"

이야기가 끝나자 길모의 등줄기에 벼락같은 소름이 스쳐갔다.

"그렇잖아도 자네 소문이 장안에 퍼질 때가 되었지. 그래서 적당한 때에 말해주려던 참인데 어찌 보면 잘되었군. 그러고 보면 자네는 실력뿐만 아니라 운때도 타고 난 것 같네만."

"대인님……."

"풍문일세. 너무 의식할 필요도 없지만 한편으로는 가능성도 있는 일이라……."

모상길은 그 말을 끝으로 입을 닫았다.

돌아오는 길에 길모는 육천득의 병원에 들렀다. 보호자가 아니라는 이유로 면회를 거절당했지만 그렇다고 얌전히 물러날 길모가 아니었다.

"제 스승님이십니다. 규정은 알겠지만 사제간의 정까지 막는 건 좀……."

그 한마디와 함께 봉투를 내밀며 관상 시범을 보이자 바로 효과가 나왔다. 다행히 병원 관계자들도 육천득이 과거 잘나가는 관상가였다는 사실을 알고 있었던 것이다. 그러니 어찌 스승과

제자의 면회까지 막을 것인가?

끼이!

병동은 회색이었다. 느낌이 그랬다. 문이 열렸지만 육천득은 돌아보지 않았다. 구석의 침대에 잔뜩 움츠린 채였다.

"선생님!"

"……"

길모가 입을 열어도 마찬가지였다. 어색한 상황을 본 직원이 길모를 남겨두고 먼저 나갔다. 길모는 육천득의 앞쪽으로 가서 정중히 허리를 조아렸다. 그제야 육천득의 시선이 길모에게 건너왔다.

"까마득한 후배가 인사를 드립니다."

"……"

"저는 홍길모입니다."

"……"

"모상길 선생님 아시죠? 말씀 듣고 왔습니다."

"……"

여전히 길모에게 고정되어 있는 육천득의 시선. 하지만 그 시선은 텅 비어 보였다. 처음에는 그의 관상을 보려했던 길모. 하지만 보지 않았다. 이미 진기가 다 빠진 얼굴이었다. 나뭇잎으로 치자면 수분이 빠져나가 바싹 마른 낙엽이다. 그 낙엽의 화려하던 시절을 추적해 본들 무슨 소용일까?

"인사를 드렸으니 그만 가겠습니다. 직원들에게 봉투 하나를 맡길 테니 먹고 싶은 게 있으면 말씀하시기 바랍니다.”

길모가 그 말을 남기는 순간,

“미친놈!”

하고 육천득의 목소리가 열렸다.

“……!”

“네놈 눈은 미쳤어.”

지향도 없이 길모에게 향한 시선. 그럼에도 불구하고 목소리
에는 힘이 실려 있었다.

“선생님…….”

“미친 눈에 세상이 보인다고 보이는 대로 떠벌거리지 말거
라.”

“…….”

“이놈아, 인사는 진작 끝내놓고 왜 아직 미적거리는 게냐?”

육천득은 느닷없이 베개를 집어던졌다. 길모는 피하지 않았
다. 베개를 던진 육천득은 벽을 쥐어뜯으며 이상한 괴성을 질러
댔다.

“진정제, 진정제!”

복도에 있던 직원이 달려와 소리쳤다. 곧 간호사와 직원들이
몇 명 더 달려왔다. 육천득은 그들에게 잡혀 버둥거렸다. 길모
는 꾸벅 인사를 남기고 복도를 나왔다.

육천득, 미친 걸까? 아니면 미친 척하는 걸까? 길모의 눈에는
어쩐지 그 두 가지가 뒤섞여 보였다.

그래도!

한 가지 말은 길모의 귓가에 오래 남았다.

보이는 대로 떠벌거리지 말라!

왠지 모르게 공감이 갔다. 보이는 대로 말하는 게 관상은 아니다. 진정한 관상대가라면 상대를 고려해야 하는 것이다.

그가 길모의 관상을 소화할 능력이 있는지 없는지. 거기까지 생각하니 관상의 길은 여전히 요원해 보였다. 알아도 모른 척하는 것 또한 저만큼 위에 속하는 관상이었으므로.

화소성미청(花笑聲未聽) 조제누난간(鳥啼淚難看)!

꽃은 웃어도 소리가 들리지 않고 새는 울어도 눈물을 보기 어렵다.

길모는 선문답 같은 옛 시를 더듬으며 발길을 돌렸다.

만복약국에 들르지 않았다.

대신 체인징 성형외과에 들렀다. 길모를 기다리는 사람은 두 명. 둘 다 여자였다. 길모가 몇 가지 맛보기 관상을 보여주자 두 사모님은 바로 관상 성형을 결정했다. 재미난 건 한 여자가 가지고 있던 점에 대한 집착이었다.

"애정점이라고 들었거든요."

그녀의 점은 왼쪽 눈의 가장자리 쪽으로 치우쳐 있었다. 애정점이 아니라 간통점이었다. 그대로 두면 남자가 여자에게 성적인 불만을 품어 다른 여자와 간통을 일삼을 화(禍) 점인 것이다.

설명은 오래 걸렸다. 여자의 헛된 신념이 이상하도록 강했다.

알고 보니 그녀의 첫사랑과 관계가 있었다. 과거 친구의 남자였던 첫사랑을 꼬시려고 그 점에 대고 소원을 빌었더니 이루어졌단다. 어이가 없었다. 그건 그냥 우연이다. 게다가 그게 바로 불손한 애정행각 아닌가? 문제는 자기가 한 행동이기 때문에 스스로 미화하고 있다는 사실이었다.

별수 없이 그녀의 기왕지사를 몇 개 짚어내 각성시켜 주었다. 그제야 그녀는 길모의 말에 이의를 달지 않았다.

"홍 부장님!"

병원을 나올 때였다. 김석중이 길모를 잡아 세웠다.

"왜요?"

"이 사진 좀 봐주세요."

김석중이 내민 건 묘령의 아가씨 사진이었다.

"간호사 바꾸시게요?"

"아뇨."

대답하는 김석중이 빙그레 웃었다.

"그럼?"

"홍 부장님 싱글이잖아요? 그래서 내가 소개팅 좀 시킬까 하고……."

"소개팅요?"

"아가씨가 참 참하고 학벌도 좋거든요. 바이올린을 전공했지만 관상에도 심취한 편이라 우호적이고요."

"에이, 그럼 아티스트인데 저 같은 게 언감생심⋯⋯."

"저 같은 거라뇨? 제가 볼 때 홍 부장님이야말로 완소남이거든요."

"완소남요?"

"완전히 소중한 남자!"

"푸하핫!"

웃음이 저절로 터졌지만 기분은 나쁘지 않았다. 상대는 능력 있는 성형의사. 허투루 농담 따먹기나 들이댈 사람이 아니었던 것이다.

"얼마 후에 연주회할 건데 같이 좀 가시죠. 제가 우리 병원 관상 고문님 모셔간다고 약속했거든요."

"그건⋯⋯."

"일요일은 쉬시잖아요? 게다가 그 친구가 지금 기로에 서 있어서⋯⋯."

'기로?'

"원래 해외에서 활동하던 친구인데 국내에 자리가 하나 났나 봐요. 그래서 조언도 구할 겸 겸사겸사⋯⋯."

"뭐 관상을 보는 거라면야 갈 수도 있지만 그래도 바이올리니스트는⋯⋯."

"그거 별거 아닙니다. 남의 운명을 척척 읽어내는 홍 부장님만이야 할까요?"

"⋯⋯."

"가시는 겁니다? 그럼 저는 바빠서 이만……."

"어, 원장님!"

길모가 소리쳤지만 김석중은 안으로 들어가고 없었다.

'뭐야?'

조금 황당했지만 웃어넘겼다.

좋은 사람 김석중. 소개팅까지는 몰라도 새로운 세계를 접할수도 있는 기회였다. 인간 홍길모… 예술과는 높은 담을 쌓은체질이었다.

그런데 손님 중에 누군가 그런 말을 했었다. 관상도 기예에속한다고.

기예라면 기술과 예술.

그렇다면 길모도 예술가일 수 있었다. 그렇다면 바이올리니스트는 동업자 격. 딱히 못 만날 이유도 없었다.

'까짓것 한 번 감상해 주지 뭐.'

당장 내일 만날 것도 아니었다. 길모는 느긋하게 받아들이기로 했다.

오늘 예약은 초대박이었다.

카날리아에 들어서기 무섭게 전화통에 불이 붙었다. 대기업의접대와 함께 사회 저명인사급들의 예약이 줄을 이었다. 오랜만에 에뜨왈의 이 실장도 거래처 임원을 모시고 왔다. 길모는 2번룸으로 향하는 홍연을 잡아 세웠다.

"혜수하고 1번 룸으로 들어가라. 2번은 유나하고 승아 보낼 테니까."

"정말요?"

홍연이 바로 반색을 했다. 1번 룸의 손님이 에뜨왈의 이 실장이라는 걸 알고 있었기 때문이었다.

길모는 기억하고 있었다. 홍연을 스카우트할 때 약속했던 옵션 하나. 그런 바로 홍연의 꿈을 이뤄줄 수도 있는 연예계 인맥과의 매칭이었다.

그동안 길모는 기회를 노리고 있었다. 하지만 마땅치 않았다. 방송국이나 연예기획사 거물들이 온 자리도 마찬가지였다. 무작정 밀어 넣으면 그냥 아가씨에 불과하다. 그렇게 되면 매칭시키지 않느니만 못하다.

그러나 오늘은 좀 달랐다. 이 실장이 모시고 온 손님 때문이었다.

앉아 있는 기세가 산의 축소판 같았다. 곧 작은 곰이다. 눈동자가 크고 검은색이 선명하니 마음에 때가 많지 않은 사람. 지조는 있으되 겸손한 상이었다.

길모는 익히 보고 들어서 알고 있다. 스폰서를 자처한 인간들 중에는 색마들이 널렸다는 걸. 그런 사람들은 학상(鶴相) 중에 많았다. 보기에는 고고하지만 손해 보는 걸 꺼리는 현실적인 성향이다. 나아가 여자를 후리는 혀를 가지고 있어 스폰서로 자처한 후에 젊은 여체를 탐하고는 버리는 경우가 많았다.

사실, 거기까지만 해도 양반이다.

악독한 인간은 꼬드겨간 여자의 단물을 쪽 빨고는 다른 사람에게 인계(?)하는 경우도 허다했다. 말하자면 싸구려 기획사의 바지사장 등에게 넘겨주는 것이다.

'일단 작은 배역부터 시작하는 게 좋겠다. 거기서 좀 크면 내가 끌어줄게.'

그때마다 단골로 나오는 멘트다. 이미 몸이 달은 여자는 거절할 수 없다. 그렇게라도 연예인이 되고 싶으니까.

"어, 이 친구 분위기가 좀 되는데요?"

길모의 예상은 적중했다. 한 잔씩 인사 술을 나눈 손님, 이 실장의 말에 맞장구를 치고 나왔다. 이 손님이 바로 퓨퓨엔터의 우 상무. 에뜨왈과는 여러 가지로 업무를 공유하는 알찬 연예기획사의 하나였다.

"원래 연예인이 꿈이었는데 제가 반강제로 스카우트해 왔습니다."

길모가 슬쩍 홍연을 강조해 주었다.

"계속하면 실력이 된다는 말이 있지. 진짜 꿈이면 포기하지 말고 노력해 봐요."

우 상무가 웃으며 말했다. 길모는 그게 마음에 들었다. 대게 허세를 부리는 찌질이들은 이런 허풍부터 떨고 본다.

"내가 키워줄까?"

이런 인간은 신뢰할 수 없다. 원래 남자들의 상당수가 술자리 말은 허언이거니와 진짜 전문가들은 입으로 사람을 키우지 않기 때문이었다.

"예쁘게 봐주세요."

홍연도 오버하지 않고 기품을 지켰다. 그것 역시 길모의 주문이었다.

궁합!

음양!

인연!

이런 것들에는 다 제각각의 짝이 있다. 눈이 있다. 시기가 있다. 제 눈에 안경이라는 말이 괜히 나온 게 아니다. 서로 울림이 온다면 결국엔 이어지게 되어 있었다.

"부장님, 저 우 상무님 명함 받았어요."

다음 손님을 위해 룸이 비워지자 홍연이 아이처럼 좋아했다. 사실 지금까지 홍연이 받은 명함만 해도 수백 장이다. 게다가 우 상무보다 더 높거나 부자들의 명함도 많았다. 그럼에도 불구하고 홍연에게는 뜻 깊은 일. 이래서 세상은 요지경이라는 거다.

[형, 도착하셨어요!]

홍연과 몇 마디를 주고받는 사이에 오늘의 주빈이 도착했다. 장호의 수화를 읽은 길모는 전화를 걸었다.

"여보세요!"

—아, 부장님!

전화를 받은 사람은 노숙자 김대욱이었다.

"어디 계세요?"

─말씀하신 대로 길 건너 편의점 앞입니다.

"준비하세요."

길모는 짧게 통화를 끝냈다. 길모는 초저녁부터 김대욱을 대기시키고 있었다. 김대욱의 성실성과 마음가짐을 알아보기 위해서였다. 몇 시간 기다리는 걸 가지고 꾀를 내거나 진력을 내면 대안을 찾을 생각이었다. 다행히, 그는 충실히 자리를 지키고 있었다. 그러니 성실성에서도 합격점을 받은 셈이었다.

길모는 얼른 계단을 뛰어올랐다. 차에서 내린 사람은 청담동 사채업자 노봉구였다. 길모는 김대욱을 위한 구세주로서 노봉구를 선택했다.

"오셨습니까?"

길모는 기꺼이 노봉구를 맞이했다.

"나한테 좋은 일이 생길 거라고?"

1번 룸에 앉은 노봉구가 물었다. 길모는 그 옆에 혜수를 앉혔다.

"예!"

"허헛, 관상왕이 그렇다니 기대가 되는걸."

노봉구는 느긋하게 꼬냑을 한 병 주문했다.

"무슨 일인가? 설마하니 우리 혜수가 나랑 신방을 차릴 건 아닐 테고."

그는 역시 한량, 피가 뜨겁다. 이 와중에도 슬쩍 혜수를 간보는 것이다.

"대박 나는 투자를 좀 연결해 드리고 싶어서요."

"대박?"

노봉구가 마시던 술을 꺾고 절반만 넘겼다.

"그런 게 있나? 땅이며 주식이며 죄다 세금이 눈덩이라 굴려봤자 별로 신통치 않은 판에!"

"사람 투자는 어떻습니까?"

"그건 시간이 너무 오래 걸리지."

"죄송하지만 한 사람 만나보시겠습니까?"

"허헛, 이거 농담이 아니셨군?"

"예. 제 눈에는 아까운 사람이라……."

"그럼 만나야지. 누구 추천이라고 거절할까……."

"잠시만 기다려 주십시오."

길모는 바로 문자를 날렸다. 김대욱은 3분도 지나지 않아 숨을 헐떡거리며 1번 룸으로 들어섰다.

"이 친구인가?"

허름한 옷차림을 본 노봉구가 미간을 찡그렸다. 김대욱은 길모가 소개하기도 전에 무릎부터 꿇었다.

"내가 누군 줄 알고 이러는 것인가?"

노봉구의 경계심이 칼날처럼 작렬했다.

"보시다시피 완전 밑바닥으로 떨어진 노숙자입니다. 저를 살려주실 은인이시라니 이보다 더한 일인들 못하겠습니까?"

"쓸개라도 뽑아주겠다?"

"죄송하지만 쓸개를 뽑아낼 능력은 없습니다."

김대욱의 지조 있는 응수에 노봉구 눈빛이 달라졌다.

"그럼 어떤 능력이 있나?"

"다른 건 몰라도 농수축산물 보는 눈은 있습니다. 원하신다면 한국에서 제일 맛있는 것으로 골라올 수도 있습니다."

"농수축산물?"

노봉구가 길모를 바라보았다.

길모는 김대욱의 관상에 관해 간략히 설명해 주었다.

"최상품 맛을 골라 기호를 공략하는 배달 사업?"

"예!"

마지막 대답은 김대욱이 하도록 내버려 두었다.

"그게 무슨 재주란 말인가? 그거야 마트나 시장에 가서 때깔 좋은 걸 집으면 될 일을."

"그렇지 않습니다. 대저 사람도 반반하게 화장을 하면 생얼을 숨길 수 있듯이 과일도 때깔과 크기만 요란한 것들 천지입니다. 일반인들은 그 수준에서 농수축산물을 고르지만 저는 과일의 색감과 꼭지, 잡티와 모양 등을 종합해 최상의 맛을 가진 것을 골라낼 수 있습니다."

"말인 즉 자네가 과일 등의 관상을 볼 수 있다는 건가?"

노봉구, 1번 룸의 단골다운 질문을 던졌다.

"바로 그겁니다!"

그 대답은 길모의 차지였다.

바로 그것!

김대욱은 과일 등의 농수축산물의 관상을 볼 수 있는 능력을 가지고 있었다. 그저 겉모양만 요란한 사과와 배를 사들고 갔다가 맛이 밍밍해 버린 적이 한두 번이 아니었던 길모.

그러니 맛을 가려내는 김대욱의 능력이야말로 식품관상쟁이에 다름 아니었다.

"그럼 증명을 해보게나!"

노봉구가 등을 기대며 옵션을 걸었다. 순간 길모가 슬쩍 달아올랐다. 시험, 그렇다면 절반은 마음이 있다는 뜻이었다.

"무엇으로 증명을 해드릴까요?"

"토마토와 배를 가져가 보시게. 내가 말이야, 그놈의 토마토가 몸에 좋다고 해서 몇 번 사보았는데 이건 원 맹물인지 뭔지… 게다가 배도 어릴 때 그 맛이 나는 게 없단 말이지. 죄다 푸석하지 않으면 안에다 설탕물을 강제로 주입한 것 같으니……."

"알겠습니다."

"아, 잠깐!"

"……?"

"오래 기다릴 생각은 없네. 10분 주지. 물론 누구의 도움도 받으면 안 되네."

그 말과 동시에 확 어두워지는 김대욱의 표정이 보였다.

"뭐 자신 없으면 포기하시고……."

"아닙니다. 시간을 재시죠."

그 말과 함께 돌아선 김대욱은 단숨에 계단을 박차고 뛰었다.

[형…….]

밖으로 나온 장호가 길모를 바라보았다. 길모는 그 의미를 알고 있었다. 여기는 유흥가. 주변에 변변한 마트가 없었다. 그래서 길모도 장호의 오토바이를 지원할 생각이었다. 하지만 노봉구가 옵션을 걸었다. 이제는 정말 김대욱의 능력에 달린 일이었다.

[시장까지 가려면 15분은 걸려요.]

"……."

[운 좋게 맛있는 걸 고른다고 해도…….]

"혹시 모르잖냐? 노 사장님이 좀 봐줄지도……."

희망사항이었다.

하지만 노봉구 역시 나름 대물에 속하는 사람. 무일푼인 김대욱이 그의 마음을 사려면 무조건 10분 안에 돌아와야만 가능성이 있었다.

8분!

9분!

9분 30초!

9분 40초!

그때가 되자 노봉구가 빈 술잔을 내려놓으며 입을 열었다.

"홍 부장……."

"예."

"아까 그 친구 말이야 노숙자 출신이랬지?"

"예……."

"나랑 내기할까?"

"무슨?"

"그 친구는 줄행랑을 쳤을 걸세."

"……?"

"내가 관상으로야 홍 부장만 못하지만 관록이라는 게 있잖나? 관상이 아무리 좋아도 나태는 벗어던지기 어렵네."

"그럼 저는 자동적으로 온다에 걸겠습니다."

"안 오면 이 술은 공짜일세."

"그래야겠군요."

9분 50초.

이제 룸 안의 세 사람은 죄다 시계에 시선을 묶어두고 있었다. 그리고…….

10분!

시계가 막 10분을 가리키는 순간 노봉구의 웃음소리가 높아졌다. 바로 그때였다. 웃음이 끊어지기 전에 룸 문이 거칠게 열렸다.

"오셨어요!"

혜수가 소리쳤다. 김대욱… 그는 문을 연 채로 과일 봉지를 들어 보였다. 이어 물 먹은 종이처럼 그대로 무너졌다. 15분 거리의 시장으로 미친 듯이 달렸던 김대욱. 겨우 시간을 맞췄지만 숨이 턱에 차서 말할 힘도 없었던 것이다.

[꼭 마라톤 완주한 사람 같아요.]

장호가 바삐 수화를 그렸다.

"물 좀 가져다 드려라."

길모가 장호에게 말하는 순간 노봉구의 목소리가 벽력처럼 날아왔다.

"두 번째 옵션이네. 1분 안에 일어나서 과일 맛을 증명하시게나!"

노봉구!

돈이 걸려서 그런 걸까? 인정이라고는 눈꼽만큼도 실리지 않은 매정한 목소리였다.

1분이라니?

숨도 제대로 못 고르는 사람에게?

제3장

하늘은 스스로 돕는 자를 돕는 법!

"하겠습니다!"

김대욱은 일어섰다. 두 번이나 비틀거렸지만 이를 물며 중심을 잡았다. 길모는 들을 수 있었다. 상처 난 짐승처럼 헐떡거리는 그의 거친 호흡. 그러나 아픈 호흡도 그를 막지는 못했다. 그의 다시 한 번 재기하겠다는 신념은 강철 같았던 것이다.

그러나 시간은 고작 1분!

김대욱은 테이블의 생수를 물수건에 붓더니 자기 손부터 닦았다. 길모는 초조해졌다. 과일을 깎을 시간이 부족하기 때문이었다.

손을 닦은 김대욱은 티슈로 사과를 닦았다. 그러더니 두 손을 이용해 사과를 반으로 갈랐다. 배는 쉽지 않았지만 그래도 그는 해냈다. 순식간에 사과와 배를 네 토막씩으로 잘라놓은 것이다.

"죄송하지만 시골 같은 데서는 이렇게도 먹기에……."

김대욱이 접시를 내밀었다.

노봉구는 입을 열지 않았다. 그저 거칠게 잘린 과일을 바라볼 뿐이다.

'틀린 건가?'

…싶을 때 노봉구가 손을 내밀어 사과를 잡았다.

와삭!

그 소리가 어쩌면 그렇게도 청명하게 들렸을까? 길모는 자신도 모르게 침을 삼켰다.

으석!

배를 무는 소리는 좀 달랐다. 노봉구는 김대욱을 노려본 채 배를 씹었다. 길모의 목으로는 침이 계속 넘어갔다. 두 쪽을 먹어치운 노봉구가 길모에게 시선을 돌렸다.

"홍 부장!"

"예?"

"보증은 자네가 서시게. 그러면 내가 저 친구 사업 자금 대주지!"

"사장님!"

"대신 망하거나 떼어먹으면 그 절반은 여기 와서 꽁술로 깔거니까 그런 줄 알고."

노봉구!

허락을 돌려 말하고 있었다.

"사장님!"

"고맙습니다. 고맙습니다, 사장님!"

김대욱의 감격 어린 목소리도 이어졌다.

"그만하고 앉게나!"

노봉구가 김대욱에게 자리를 권했다.

"아닙니다. 어찌 감히 은인의 앞에……."

김대욱이 고개를 저었다.

"이름이 뭔가?"

"성은 김이고 대 자, 욱 자를 쓰고 있습니다."

"김대욱이라… 아무튼 자네 은인이야 내가 아니고 홍 부장이 아닌가?"

"예?"

"어련히 알아서 추천했을라고. 하지만 나도 내 생돈이 나가는 것이라 나름 테스트를 한 것이니 언짢게 생각지 마시게."

"그럴 리가 있습니까? 담보를 요구하지 않으시는 것만도……."

"담보야 홍 부장이니 이미 잡은 거나 다름없고."

노봉구는 길모를 바라보며 말을 이었다.

"이 친구, 원하는 실탄이 얼마인가?"

"딱 1억 한 장이면 됩니다."

김대욱이 천천히 입을 열었다.

"1억?"

"예."

"용처를 말해보시게."

"점포야 비 가릴 곳만 있으면 되고 헌 냉장트럭이나 한두 대 있으면 족합니다. 나머지는 제 발과 손, 눈이 해야 할 일입니다."

"어째서?"

"저는 가게에 아예 냉장고 자체를 두지 않을 겁니다. 무릇 농수축산물이란 냉장고에 들어가는 순간 맛을 버리게 됩니다. 냉장고는 편리하지만 대신 맛을 포기할 각오를 해야 한다고 생각합니다."

"그러다 상하면?"

"우선은 욕심내지 않고 며칠 정도 실온 보관이 용이한 품목부터 시작할 생각입니다. 냉장은 그다음입니다."

"그렇다고 해도 직원이 필요할 텐데 고작 1억?"

노봉구의 질문이 송곳처럼 이어졌다. 대충 묻는 것 같지만 사실은 사업 구상을 파고들고 있었다. 대충 감으로 하는 것이냐, 아니면 제대로 머리에 그리고 있느냐의 구체성을 확인하려는 의도였다.

"제가 노숙자 생활을 하면서 봐둔 친구들이 몇 명 있습니다. 비록 지금 불우하여 자포자기하고 있지만 일자리만 주어지면 자활의 가능성이 높은 친구들입니다. 우선은 그 친구들을 모아 시작하면 큰 인건비를 들이지 않고도 자리를 잡을 수 있다고 생각합니다."

"자리를 잡은 후에는?"

"그때 보서서 제가 싹수가 있거든 한 30억 빌려주셨으면 합니다."

'30억?'

듣고 있던 길모와 혜수가 눈을 동그랗게 떴다.

"어째서 30억인가?"

"당장은 자연의 맛으로 승부하겠지만 농수축산물 중에는 부득 냉장이 필요한 품목도 많습니다. 그런데 그 품목들은 서로 민감하여 단 1℃ 차이에도 맛이 달라질 수 있기 때문에 1℃단위로 조절되는 냉장창고가 필요할 거라고 생각합니다. 또한 신뢰도를 위해 자사의 브랜드를 단 배달차량도 충분히 확보해야 하는 까닭에……."

탕!

느닷없이 테이블을 내려치는 노봉구. 설명하던 김대욱도 길모와 혜수도 잠시 숨을 멈추었다.

"합격!"

우려와는 달리 노봉구, 시원하게 김대욱을 받아들였다.

"고맙습니다."

김대욱이 다시 한 번 허리를 조아렸다.

"아무리 노숙자라도 수십억 배포는 되어야 사업을 하는 거지 꼴랑 1억짜리 미래에 누가 배팅을 하겠나. 이제 한 잔 받게나. 동업자!"

노봉구가 술잔을 건네주었다.

"동업자라고요?"

"아니면? 내 돈 먹고 튀려고?"

"아, 아닙니다."

"그럼 동업자지 달리 동업자인가? 보아하니 실제 배포는 그 보다 더 큰 거 같은데 틈새시장 잘 공략해서 대한민국 사람들 입맛 좀 살려놓으라고."

노봉구는 직접 술을 따라주었다.

"고맙습니다. 사장님!"

뒤에 서 있던 길모도 한 번 더 고마움을 전했다. 몇 번이고 가 슴을 졸였지만 결국 바라는 대로 이루어진 까닭이었다.

"그나저나 김 사장, 이 사과하고 배 어떻게 구해왔나? 내가 알기로 10분 거리에는 쓸 만한 과일가게가 없었을 테고… 혹시 미리 준비한 거였나?"

노봉구가 물었다.

"준비한 건 아니지만 사장님을 만나러 오는 길에 근처의 과 일과 정육점, 생선 가게 등을 살펴보았습니다. 제 판단도 점검 할 겸 해서요."

"그렇다고 해도 시간이 없었을 텐데?"

"죽기살기로 뛰었지요. 저희 아버지를 생각하면서 말입니다."

"아버지?"

"제 아버지가 6.25 때 강원도 이북에서 피난을 오셨는데, 중학생이던 그때에 북한군들이 고장나 멈춘 기차에 총질을 했더랍니다. 그때 할아버지께서 등을 떠밀며 절대 돌아보지 말고 턱에 숨이 차도록 뛰라고 하셨다는데 그 덕분에 살아나서서 저를……."

"할아버지는?"

"……."

"괜한 걸 물었군."

"아닙니다. 지금까지 못난 자식이 패배의식에 사로잡혀 행여 로또라도 맞을까 기웃거리며 살았는데 달리는 순간 아버지가 떠올랐습니다. 등 뒤에서 총알이 날아온다 생각하니까 10분도 긴 시간이더군요."

김대욱의 눈시울이 붉어졌다.

죽을힘!

우리는 누구나 그 힘에 대해 이야기한다. 그리고 그렇게 살아왔다고 말한다. 하지만 진짜 그랬을까? 정말 죽을힘을 다해 달렸는데 이 자리에 있는 걸까?

길모는 고개를 저었다. 길모 역시 과거에 그랬다. 열심히 살고 있는데 아무것도 되는 게 없다고. 그런데 지금 와서 생각하면 그건 열심히 산 게 아니었다. 이 한순간, 길모는 김대욱의 마음에 완전하게 닿았다. 그래서인지 그가 더 듬직하게 느껴졌다.

"그럼 사과는 어째서 손으로 쪼갰나? 내가 더러워서 안 먹을 수도 있었을 텐데……."

"그 또한 아버지 때문이었습니다. 그분 말씀이 과일에는 칼을 대지 않는 게 좋다라고 하셨지요. 죄송하지만 저희 부친께서는 참외도 주먹으로 깨고, 수박도 주먹으로 깨서 저희에게 주셨습니다. 해서… 사장님도 그런 추억이 있을지도 몰라 칼보다는 자연스러운 방법을……."

"오라. 내 나이까지 감안했다?"

"저는 단지 맛있는 과일을 파는 게 아니라 분위기까지 팔고 싶습니다."

"허어, 홍 부장, 내가 졌네."

"네?"

주목하던 길모가 고개를 들었다.

"어릴 때 이후로 최고의 배였네. 이게 바로 제대로 토종이지."

'아!'

"이 친구 제대로 준비된 친구구만. 계좌번호 부르게."

노봉구는 그 자리에서 김대욱의 통장에 1억을 꽂아주었다.

"홍 부장님!"

노봉구가 떠나자 김대욱은 차마 눈물을 울먹거렸다.

"축하합니다. 잘되어서 다행이네요."

"다 홍 부장님 덕분입니다."

"아뇨. 김대욱 씨, 아니 이제 김 사장님이죠. 김 사장님이 최선을 다한 결과입니다. 앞으로 모든 게 잘될 거예요."

"제가 다른 건 몰라도 과일만은 책임지고 최상의 품질을 원가에 대겠습니다. 여기 특별히 납품하는 사람이 없으면 제게 맡겨주시기 바랍니다."

"말씀은 고맙지만 당장은 자리부터 잡으세요. 저희 가게는 그다음에… 아셨죠?"

"홍 부장님……."

"아까 말씀 감동이었어요. 저도 앞으로 총알이 날아온다 생각하고 뛰어야겠습니다."

길모는 환한 미소로 김대욱을 배웅했다.

"아, 진짜 부장님……."

노봉구에 이어 김대욱까지 멀어지자 혜수가 볼멘소리를 터트렸다.

"왜?"

"뭐예요? 텐프로 웨이터가 맨날 감동이나 팔고 있고……."

"응? 지금 시샘?"

"괜히 콧등 시큰해지잖아요. 어울리지 않게……."

"쳇, 난 또 깜짝 놀랐네. 나보고 뭐라고 하는 줄 알고."

"부장님!"

"왜?"

"멋져요!"

혜수가 방그레 웃으며 엄지를 세워주었다. 가로등에 비친 그녀의 얼굴은 달빛처럼 맑아 보였다.

다음 날, 길모는 길바닥에 관상 돗자리를 깔았다. 장소는 이태원이었다. 여기까지 진출한 이유가 있었다. 바로 중동인들 때문이었다.

한국인의 관상!

중동인의 관상!

어떻게 다를까?

길모는 그게 궁금했다. 그러니 부딪쳐 보는 수밖에. 모상길도 말하지 않았던가? 백문이 불여일견. 모델 공급은 윤표와 상표가 맡았다. 퀵 서비스를 하면서 나름 딸배 세계를 장악하고 있는 윤표였다. 녀석은 후배들을 조져서 안면이 있는 중동인들을 끌고 나왔다.

'푸헐!'

솔직히 한숨부터 나왔다. 특히나 눈썹과 눈, 코가 그랬다.

눈썹!

관상에는 아주 중요한 부분이다. 오죽하면 얼굴의 맨 윗자리에 떡하니 자리 잡고 있을까? 그렇게 배열된 데에는 다 이유가 있는 법이다.

눈썹은 높다. 눈에서 가깝지만 볼 수 없을 정도로 멀다. 눈썹은 별이다. 멀고먼 별이다. 그렇기에 눈썹을 일러 공명성(功名星)이라 부르기도 한다. 이름을 떨치는 별이라는 뜻이다.

예부터 크게 된 인물이나 부귀영화를 누린 사람치고 눈썹이 낮은 사람은 별로 없다. 즉 눈썹은 눈에서 멀수록 좋다는 뜻.

다음으로 꼽히는 것이 수려함이다. 보기에 길고 시원하면 좋다.

그런데 이 친구들 좀 보라지.

눈썹이 한 움큼만큼 많고 짙다. 마치 시커먼 숯덩이 하나를 잘라 올려놓은 지경이다. 만약 한국인이라면, 이런 남자는 가부장적일 가능성이 높다. 눈썹이 검고 탐스러운 남자는 자상함과는 거리가 멀기 때문이다. 설령 데이트 때에는 자상하다고 할지라도 고기를 잡으면(?) 바로 본색이 나올 상이다. 상학에 있어 섬세함과 배려는 섬세한 눈썹을 가진 사람에게 속하는 까닭이다.

물론 진한 눈썹이라고 다 같은 건 아니다. 우선 사자미를 들어보자. 사자미는 눈썹이 두툼하고 털이 거칠지만 나름 맑은 기운이 엿보인다. 보기와는 달리 온순한 측면도 있다.

그리고 보니 중동에는 아직도 일부다처제가 있다. 그렇게 보면 딱히 아랍인들의 눈썹도 완전히 상학과 배치되는 것만은 아니었다.

다음으로 곤란한 게 눈이다. 눈이 움푹 들어가 있다. 눈동자 색깔도 제각각이다. 초록도 있고 파랑도 있다. 나아가 코는 어떤가? 이건 숫제 한국인의 코와는 비교가 불가능한 경우가 많았다.

"형제 있어요?"

길모가 한 아랍인에게 물었다. 그가 한국말을 하고 있었던 것이다.

"28명 중에서 19번째."

"……."

한국 가정은 보통 둘, 셋, 넷. 자식궁 짚는 일에도 세분화가 필요했다.

"사이 안 좋죠?"

"넷째 엄마 형제들하고는 친하고 여섯째 엄마 형제들하고는 안 좋아요."

"……."

처음 몇 번은 질문한 걸 후회했다. 문화적 바탕이 너무 다른 것이다. 그러나 실망하지 않았다. 그들이 어떤 대답을 하면 그걸 파고들었다. 그러다 보니 하나둘 좁혀지는 게 있었다.

'이 친구 엄마는 일곱 명.'

부모궁에 대해 감을 잡은 길모, 마침내 적중도가 높아지기 시작했다. 조금은 다르지만 그렇다고 그들이 외계인인 건 아니었던 것이다.

길모는 몇 차례의 시행 착오를 거쳐 아랍인들의 상과 한국인의 상에 어린 공통점과 상이점을 골라냈다. 그 와중에 또 하나의 장벽, 이마가 부각되었지만 응용력을 발휘해 극복해 나갔다.

"어릴 때부터 가난했지요?"

"예……."

"아버지는 안 계시고요."

"예……."

　길모는 안도의 숨을 쉬었다. 완벽한 건 아니지만 그럭저럭 아랍인의 상에 익숙해지게 되었다. 조금 어려운 건 연구과제로 남겨두었다가 해결했다.

"으아, 형 진짜 죽여주네요."

　마지막으로 아랍 여자 관상을 끝내자 윤표가 혀를 내둘렀다. 아랍 여자에게는 적중률이 거의 100%에 가까웠던 것이다.

"관둬라. 나 지금 머리 깨질 거 같다."

　길모는 고개를 저었다. 그건 한 치의 과장도 없는 진실이었다. 어차피 이건 연습이었다. 그러니 80% 이상의 적중률만 나온다면 문제가 없다. 하지만 송 회장의 귀빈은 차원이 달랐다. 단하나의 실수도 용납되지 않을 자리였다.

"진짜 수고했다."

　길모는 윤표에게 봉투를 건네주었다.

"땡큐!"

　윤표의 뒤로 하고 길모는 장호가 운전하는 차에 올랐다. 이럴 때는 자가용이 있다는 게 여간 다행이 아니었다. 고단하면 한잠 때릴 수 있기 때문이었다.

"형, 얼마 들었어?"

차가 멀어지자 장표가 고개를 기웃거렸다.

"100만 원!"

"으아, 짭짤하네."

"길모 형이 언제 우리한테 함부로 하는 거 봤냐?"

"가서 생맥이나 한 잔 꺾자."

"그나저나……"

장표의 말을 뒤로한 윤표가 이태원 거리를 바라보았다.

"왜?"

"그냥……"

윤표의 시선은 앞서 걸어가는 두 흑인에게 꽂혀 있었다. 원래 윤표가 알아본 아랍인들 중에는 흑인도 두 명 끼어 있었다. 하지만 흑인까지 동원할 필요는 없을 거 같아 빼버렸던 것이다.

'별문제 없겠지?'

윤표는 길모가 사라진 도로를 보며 중얼거렸다.

*　　　　*　　　　*

영업을 시작하기 전, 길모는 사단의 아가씨들에게 콜 명령을 내렸다.

"우와, 오빠가 쏘는 거야?"

특별히 예약한 호텔 커피숍에 들어서자 유나가 수다를 떨었다.

"여기 어떠냐?"

길모는 창가 테이블에 앉았다. 단골손님을 통해 가장 좋은 자리를 확보한 길모였다.

"여긴 아무나 내주는 자리가 아닌데?"

혜수는 이 커피숍을 아는 모양이었다. 럭셔리한 소파 의자를 당기면서 주변을 두리번거린다.

"언니, 여기 와 봤어?"

옆에 앉은 홍연이 물었다.

"전에 에뜨왈 근무할 때 두 번… 그때 중요한 스타랑 계약 문제가 있어서 트라이했는데 이 자리 예약은 실패했거든."

"여기가 그렇게 좋은 데야?"

유나도 궁금한 모양이다.

"아마 그렇지. 커피만 해도 3만 원 정도는 할걸?"

"푸헐!"

유나가 자지러졌다.

"야야, 그런 거 걱정 말고 마음 놓고 시켜라. 어차피 내가 쏘는 거니까."

길모는 화끈하게 지갑을 열었다.

"우리 오빠, 점점 품격 높아진단 말이지. 내가 확 찜해 버릴까?"

유나가 농담 어린 추파를 던졌다.

그때 지배인이 종업원을 데리고 다가왔다.

"홍 부장님?"

"아, 예……."

"김 국장님께 얘기 들었습니다. 관상대가시라고……."

"하핫, 대가는요, 그냥 흉내는 조금 냅니다."

"죄송한데 저는 어떻습니까?"

지배인, 얼굴을 붉히며 고개를 들었다. 다짜고짜 들이대는 것으로 보아 김 국장이 자랑깨나 한 모양이었다.

"아드님이 공무원 쪽 공부하시는군요? 올해는 합격할 겁니다."

"예? 정말입니까?"

과격할 정도로 뜨겁게 반응하는 지배인.

"대신 올해가 아니면 관록을 먹을 운이 아닙니다. 최선을 다하라고 전해주세요."

"아이고, 이거 진짜 대가시네. 척보고 제 가려운 데를 긁어주시다니……."

결국 이날 커피는 공짜로 제공되었다. 뿐만 아니라 디저트까지도 풍성하게 제공되었다. 지배인이 감사의 표시라며 마구 안겨준 것이다.

"와아, 우리 오빠 인기 짱, 능력 짱. 덕분에 우리 럭셔리 호텔에서 호강하네."

유나가 생글거렸다.

"야, 너희는 호강할 가치가 있는 사람들이야. 고작 이런 거에 감동하면 나 실망이다."

길모는 분위기를 다독이며 아가씨들을 돌아보았다.

혜수!

홍연!

유나!

승아!

볼수록 잘 짜여진 무지개 조각 같았다.

서로 다른 매력을 발산하는 네 아가씨. 유나와 승아는 조금 헐렁한 구석이 있었지만 이제는 달랐다. 체인징의 집중 관리와 부분 성형을 받으면서 완전한 변신에 성공했다. 더구나 이들은 붕어빵표 성형미인이 아니었다. 그들 개성을 최대한 살린 덕분에 예쁘면서도 호감이 가는 마스크를 유지하고 있기 때문이었다.

"할 말 있죠?"

커피를 두 잔째 비워낸 혜수가 슬며시 입을 열었다. 전에는 스타들의 뒷바라지를 하던 혜수. 하지만 지금 이 순간, 이 네 명의 아가씨들은 스타라고 해도 크게 어색할 것이 없는 면모였다.

"다 마셨냐?"

길모가 슬쩍 허리를 세웠다.

"네!"

재잘거리던 홍연이 먼저 대답을 했다. 습기가 촉촉한 그녀의 입술은 차라리 도발적으로 보였다.

"중국 기억하지?"

"그럼요."

이번에는 네 명이 동시에 대답하는 아가씨들.

"이번에는 또 다른 경험을 해야 할 것 같다."

길모, 마침내 운을 떼기 시작했다.

[우리 또 다른 나라 가요?]

얌전하던 승아의 손가락이 바삐 움직였다.

"가는 건 아니지만 다른 나라 사람을 맞게 되었어."

"부장님 표정 보니 좀 심각한 사람인가 본데요?"

혜수가 다리를 꼬며 물었다.

"맞아. 완전 심각하지."

"외국의 유명인사라도 오는 건가요?"

"사우디아라비아 왕자님!"

"……?"

길모의 말에 아가씨들이 출렁 흔들렸다.

외국인!

귀빈!

다 좋았다. 하지만 사우디아라비아일 줄을 몰랐던 그녀들이었다.

"사우디아라비아 왕자요?"

제일 먼저 유나가 반응했다.

"쉿!"

길모는 손가락으로 입을 막으며 주위를 환기 시켰다. 그 사이에 장호가 주변을 돌아보았다. 다행히 특석인 까닭에 다른 테이블과는 거리가 있었다.

"절대 대외비야. 하지만 너희들에게까지야 비밀로 할 수 없잖아. 우린 같은 식구니까."

식구!

그 한마디에 아가씨들이 비장해지기 시작했다.

"얼마 전에 온 TPT 송 회장님 있지? 그분이 모시는 거물인데 중국 출장 갔던 일보다 중요한 일이야. TPT가 어떤 그룹인 줄은 알지?"

"……."

"이건 돈이나 매상을 떠나서 아주 중대한 일이야. 그러니까 첫째는 절대 보안!"

"……."

"둘째는 마음의 준비를 하고 있어야겠다. 어쨌든 너희들 중 일부거나 전부가 들어가게 될 테니까."

"사우디아라비아 왕자님……."

유나의 입에서 신음 같은 중얼거림이 새어 나왔다.

"언제 오시는 건가요?"

주목하던 혜수가 물었다.

"여기 오는 길에 통보가 왔는데 열흘 후라고……."

"목적은 관상이겠군요?"

"아마……."

"아, 난 영어도 모르는데 사우디아라비아 왕자님 곁에 앉으면 어떡해?"

유나가 울상을 지었다.

"뭐가 걱정이냐? 만국공통어 바디랭귀지가 있는데……."

그래도 홍연은 천하태평이다.

"혜수가 아랍어 좀 한다고 했었지?"

길모가 혜수를 바라보았다.

"뭐, 잘하지는 못해요."

"하긴 그 문제는 크게 부담가질 필요 없어. 어쨌든 통역이 들어올 테니까."

"어우, 그래도 어떻게 부담이 안 돼요."

유나는 여전히 울상이다.

[야, 혹시 아니? 너한테 뻑 가서 청혼할지…….]

"야, 웃기지 마. 난 거시기 큰 서양인들 밥맛이거든. 그게 내 몸에 들어오면… 으아!"

"사우디아라비아는 서양이 아니고 우리처럼 아시아인이야."

혜수가 유나를 보며 말했다.

"에? 정말?"

"그래. 축구할 때 아시아 예선전에서 맨날 만나는 거 보면 몰라?"

"아. 정말이네."

[누나, 아랍어 공부할 때 그쪽 풍습이나 문화에 대해 배운 거 없어? 뭐 금기시되는 거 말이야. 난 돼지고기 안 먹는 것밖에 생각이 안 나서…….]

장호가 혜수를 향해 수화를 그렸다.

"이슬람은 술도 안 마셔."

'응?'

혜수의 한마디는 길모의 정신을 번쩍 들게 했다.

"진짜냐?"

"네."

"와인도?"

"술이라면 뭐든지!"

"……."

"뭐 개인적인 취향은 모르겠어요. 하지만 사우디아라비아라면 중동 중에서도 금주에 가장 엄격한 나라예요."

"……!"

"뿐만 아니라 안주로 나가는 요리도 미리 대비해야 할 거예요. 돼지고기만 안 먹는 게 아니라 그게 들어간 제품, 예를 들면 햄이나 소시지 종류… 들짐승과 고기들, 날짐승과 고기……."

"아아, 그만. 그럼 그쪽 사람들이 먹는 건 뭐냐? 그게 더 빠르겠다."

"그런 고기 외에는 다 먹죠. 하지만 그렇다고 해도 그냥 정육점에서 사면 안 되고 알라신의 이름으로 그 규율에 따라 잡은 것만 먹어요."

"푸헐!"

"뭐 그건 걱정할 거 없어요. 요즘은 그런 고기를 파는 곳도 많으니까요."

"그건 듣던 중 다행이구나."

역시 혜수였다. 중동인의 관상에 팔려 다른 것에 신경 쓰지 못했던 길모. 때마침 알찬 정보를 알려준 것이다.

"술을 안 마실 수도 있다고?"

놀란 방 사장이 흰자위를 가득 드러냈다. 그 또한 그 사실을 모르고 고가의 꼬냑을 수배하고 있던 중이었다.

"그렇답니다."

"그럼 뭐야?"

"어차피 매상은 충분히 보장해 준다고 하지 않았습니까?"

"야, 그건 알지만 기왕이면 이런 때 우리도 매상 신기록 한 번 세워야지."

"그래서 말씀인데……."

길모는 오는 길에 혜수에게 들은 의견을 전달했다.

"차?"

"예……."

"얌마, 우리가 무슨 다방이냐? 그리고 그깟 차 팔아서 얼마나 남는다고?"

"저도 처음엔 그렇게 생각했는데 그게 아니더군요. 차도 돈이 됩니다."

"얘가 정말… 야, 차가 아무리 비싸봤자 몇십만 원이지 그게 무슨 돈이 된다고 그래?"

방 사장이 핏대를 올렸다. 물론 무리는 아니었다. 자그마치 사우디아라비아 왕자. 큰손 왕자가 한 번 쇼핑에 나서면 백화점을 텅텅 비운다는 말이 날 정도였으니 몇 억 매상을 상상하던 방 사장이었다.

"컴퓨터 좀 쓰겠습니다."

길모는 설명대신 노트북을 당겼다. 길모 자신도 차에 대해서는 잘 모른다. 그러니 혜수가 알려준 검색어의 도움을 받는 게 빠를 것 같았다.

중국의 10대 명차!

화면에 어지러운 한문이 떠올랐다.

시후롱징(西湖龍井), 동징비루춘(洞庭碧螺春), 황산마오펑(黃山毛峰), 루산윈무차(盧山雲霧茶), 류안과피엔(六安瓜片), 쥔산인전(君山銀針), 신양마오젠(信陽毛尖), 우이옌(武夷岩), 안시티에관인(安溪鐵觀音), 치먼홍차(祁門紅茶). 이상이 중국의 10대 명

차로 꼽히는 차들이다.

"너 지금 내 인내심 시험하냐?"

한문을 잘 모르는 방 사장의 짜증 레벨이 상승하기 시작했다.

"잠깐만요."

길모는 그 사이에 다른 검색어를 넣었다.

청나라 황궁에서 제작한 보이차, 그램당 1만 위안!

"보세요."

"그램당 1만 위안? 이게 뭐냐?"

방 사장이 화면에 시선을 둔 채 물었다.

"1만 위안이면 약 18,000원입니다. 같은 무게의 금보다도 40 여 배나 비싼 가격이죠."

"······?"

방 사장이 놀라는 게 보였다. 돈으로 설명하니 바로 알아듣는 방 사장.

"이걸 구해주세요. 아니면 이 정도 가격이 나가는 국내산 차로. 아니, 더 비싸도 상관없습니다!"

"······!"

"뭐 매상 올리기 싫으면 포기하셔도 됩니다. 그냥 녹차나 올리고 송 회장님께 고급 꼬냑이나 한두 병 팔죠 뭐."

길모는 그 말을 남기고 돌아섰다.

"야, 야. 홍 부장!"

"아, 참!"

손잡이를 잡은 길모가 돌아보며 말을 이었다.

"오늘은 제가 강남에 견학 가는 날이라 우리 팀 일찍 퇴근합니다. 예약까지 해주셨으니 아시죠?"

"저, 저……."

탁!

문 닫기는 소리와 함께 길모는 복도로 나왔다. 아직 열흘이 남은 상황. 방 사장은 보이차를 구할 수 있을까? 그럴 것이다. 방 사장이라면, 돈이 된다면, 판타지 속의 미녀 엘프라도 꺼내올 사람이었다.

끼익!

자정 무렵, 길모의 캐딜락은 강남에 멈췄다. 유흥가를 살짝 접한 어귀에 심연이라는 작은 간판이 보였다. 잘해야 A4 두 장만 한 크기. 작지만 네온사인은 고고하면서도 우아해 보였다.

심연(深淵)!

여기가 바로 대한민국 넘버 3 중 하나에 속하는 최상의 룸싸롱이었다. 일단 이름부터 심오했다.

깊은 연못.

동시에 쉽게 빠져나오지 못하는 수렁을 뜻한다. 누구든 한 번 발을 들여놓으면 쉽사리 헤어날 수 없다는 암시. 그만큼 심연은 최상의 아가씨와 서비스, 고객 관리를 자랑하고 있었다.

[으아, 여기가 바로 심연이네요.]

장호도 살짝 긴장이 되는 표정이다.

"쫄리냐?"

[쳇, 누가 그렇대요?]

"그럼 그 자세가 뭐냐? 목에 힘 좀 줘야지."

[맞아요. 오늘 실탄이 두 장이라면서요?]

2천만 원!

길모는 방 사장과 서 부장 편을 통해 2천만 원짜리 테이블을 예약했다. 물론 아까웠다.

이제 돈 귀한 걸 아는 길모. 2천만 원 여유가 없는 건 아니었지만 한 번의 술자리에서 날리고 싶은 금액이 아니었다. 하지만 도리가 없었다. 심연에서는 1천만 원 이하의 예약은 허접한 취급을 당하기 십상이기 때문이었다.

홍길모!

앙가슴을 쭉 당기고 간판을 바라보았다. 이 안에는 웨이터의 전설들이 바글거린다. 그중에서도 손꼽히는 김 부장. TPT 송 회장 역시 그의 단골에 속한다는 건 비밀도 아니었다.

"장호야!"

[예?]

"뽀대나게 들어간다. 출발!"

길모, 마침내 선망의 대상이던 심연에 첫발을 들여놓았다.

심연!

문학에는 심연이라는 단어가 자주 등장한다. 인간의 본성 중 하나를 묘사하는 심연. 그곳에는 무엇이 있을까? 그 깊고 깊은 마음의 기저에는…….

심연에 첫발을 디디는 순간, 길모는 어렴풋이 그 단어를 실감했다. 길게 이어지는 복도는 아련했다. 누구도 어지럽게 나다니지 않았다. 어쩌다 보이는 웨이터들 역시 달랐다. 오른쪽 끝으로 바짝 붙어 절도 있게 걷는 것이다.

아가씨들도 그랬다. 딱 두 명이었지만 전부 그렇게 걸었다. 말하자면 손님을 위한 배려. 손님이 없어도 그걸 지키는 모양이었다.

향은 풍경보다 조금 늦게 깨달았다. 로비에서부터 따라온 향 역시 우아했다. 아스라하면서도 자극이 없는 풋풋한 향은 흡사 숲에 들어선 듯 편안한 느낌을 주었다.

길모는 그제야 로비를 돌아보았다. 분명 로비였다. 카날리아처럼 카운터 앞이 아니었다. 물론, 방 사장도 그 카운터 앞을 로비라고 부른다. 그러나 그저 희망사항이다. 진정한 건 강요로 이루어지는 게 아니다. 공감이 앞서야 하는 것이다.

"홍 부장님?"

김 부장은 3분 안에 나타났다. 의상은 특별하지 않았다. 다만 맵시는 한층 단정해 보였다. 만약 거리에서 그를 보았다면 대기업의 초급 간부로 알았을 것 같았다.

"앉으시죠."

5번 룸에 들어서자 김 부장이 상석을 권했다. 길모가 앉자 장호는 그 앞에 자리를 잡았다. 이탈리아 신전을 옮겨놓은 듯한 룸이었다.

"서 부장님과 방 사장님께 얘기는 들었습니다."

길모보다 몇 살은 많을 것 같은 김 부장. 그래도 꼬박꼬박 경어에 정성을 다하는 모습이 보였다.

"말씀 낮추셔도 됩니다. 어찌 보면 선배님이신데……."

어쩐지 불편한 것 같아 길모가 말했다.

"아이고, 그런 말씀 마십시오. 자그마치 2천만 원짜리 손님이십니다."

김 부장은 정색을 했다.

"그거야 제가 이것저것 배울 욕심에……."

"선수끼리 왜 이러십니까? 저도 실은 홍 부장님 명성을 듣던 중에 한 번 뵙고 싶던 차입니다."

"제 명성요?"

"관상대가시라면서요? 제 손님들에게 듣던 차에 방 사장님이 전화를 하셨길래 냅다 예약을 받았죠. 사실 다른 예약이라면 거절했을 겁니다."

"아……."

"건방을 떠는 건 아니지만 제가 2달 동안 예약이 밀려 있거든요. 그런데 이 시간에 예약하신 사장님께서 급하게 유럽 출장을 가시는 바람에 펑크가 나서……."

"……."

"펑크 자리에 들어오려고 3부에서도 전화가 여러 번 왔지만 저도 사람입니다. 제 마음이 땡기는 손님을 모셔야죠."

3부(府)!

사실 길모는 처음에 이게 무슨 뜻인 줄 알지 못했다. 그걸 눈치챈 장호가 슬쩍 화면의 문자를 보여주고서야 그걸 알게 된 길모. 등줄기에서 짜릿한 긴장감이 스쳐 가는 걸 느꼈다. 그야말로 웨이터의 전설다운 거래선이었다.

"방 사장님하고 서 부장님 말씀이 제 노하우 좀 전수시켜서 강북의 김 부장으로 만들어달라던데 그건 과찬이시고 솔직히 룸싸롱이야 거기서 거기 아닙니까? 크게 다른 방식은 없으니 한잔 드시면서 필요한 질문이나 해주십시오. 아는 대로 성의껏 답해 드리겠습니다."

"예……."

"그럼 아가씨부터 시작할까요? 초이스로 갈까요 리커맨드로 갈까요?"

고를 거냐, 웨이터 추천을 받을 거냐 그 말이었다.

"죄송하지만 둘 다 보여주시면……."

"그럴 줄 알았습니다. 잠깐만 기다리십시오."

김 부장은 깍듯한 말을 남기고 잠시 자리를 비웠다.

[으아, 정중함과 겸손함이 뚝뚝 떨어지네요. 귀찮은 표정도 전혀 없어요.]

"그렇지?"

[마치 3성급 호텔에 묵다가 5성급 호텔 서비스를 받는 거 같아요.]

3성과 5성 호텔의 차이.

장호의 비유는 제법 적절했다. 호텔은 호텔이다. 그러나 차이가 난다. 그런 차이가 별의 개수를 늘리는 것이다.

김 부장은 아가씨들에 앞서 두 보조를 대동하고 들어섰다.

"오늘 저와 함께 두 분의 시중을 담당할 직원들입니다. 아가씨 2차 가는 것만 빼고는 뭐든지 다 되니까 부담 없이 말씀해 주십시오."

2차는 금지!

김 부장은 아주 간단하게 금기사항을 끼워 넣었다.

그리고 직원.

직원이란다.

보조 웨이터를 보조라고 말하지 않았다. 직원이라고 깍듯하게 칭함으로써 룸의 품격을 함께 높인 것이다.

"아가씨들 모셔!"

김 부장의 콜이 떨어졌다. 그러자 한 보조가 나가고 또 한 보조는 문 앞에 위치했다. 문은 밖으로 나간 보조가 열었다. 아가씨들이 들어서자 또 한 보조가 공손히 길을 안내했다. 멀뚱거리는 장호와는 완연히 다른 응대 방식이었다.

아가씨들의 행렬은 길었다.

원래 초이스에도 공식이 있었다. 보통 손님 수의 1.5배에서 2배 사이의 아가씨를 3회 정도 선보이는 게 관례다. 물론 특별한 경우에는 8~10여 명을 동시에 두 차례 넣어주기도 한다.

　하지만!

　지금 길모 앞에 선 아가씨는 무려 30여 명이었다. 말하자면 미스코리아 선발대회를 방불케 하는 것이다.

　옷차림도 그랬다. 하늘거리는 숏미니 원피스부터 몸매를 고스란히 드러낸 시스루룩, 완전 밀착형 드레스가 있는가 하면 여대생처럼 평상복의 아가씨까지 다양했다.

　한 가지 공통점이라면 누구를 앉혀도 아쉽지 않을 만큼 미녀들이라는 것. 아니, 오히려 미모가 뛰어나다 보니 차라리 혼란스럽기까지 했다.

　"어이!"

　집중하던 길모가 한 아가씨를 향해 돌연 불량스러운 턱짓을 날렸다.

　"네, 은희영입니다."

　아가씨는 이름을 대며 응대했다. 미소 역시 빼먹지 않았다.

　"몇 살이야?"

　"스물한 살입니다."

　"그 옆에 넌?"

　여전히 까칠하게 질문을 날리는 길모.

　"오민정입니다. 뵙게 되어 해피합니다."

"나이."

"만 스무 살 된 지 두 달 지났습니다."

"됐고, 마지막 너 뒤 좀 돌아봐."

길모는 줄의 말미에 서 있는 숏미니 원피스 아가씨를 지목했다. 원피스가 겨우 팬티를 가리는 아가씨였다.

"오상아입니다. 스물한 살입니다."

싱그럽게 대답한 아가씨가 돌아섰다.

'크헐!'

길모, 하마터면 코피가 터질 뻔했다. 그녀의 몸매는 완벽했다. 누구라도 당장 들이대고 싶을 정도로 섹시미가 넘쳐흘렀다.

그쯤에서 길모는 김 부장을 바라보았다.

"다들 잠깐 퇴장하세요!"

김 부장은 짧은 두 번의 손뼉으로 아가씨들을 내보냈다. 이어 또 다른 행렬이 줄을 이었다. 이번에도 하나 흠잡을 데 없이 완벽한 아가씨들 무리였다. 장호는 아예 눈을 뒤집었다. 몇몇은 방송에서 많이 본 연예인을 닮았고 또 몇몇은 모델이 서 있는 듯이 보였다.

길모는 이번에도 유사한 멘트를 날려 아가씨들을 체크했다. 아가씨들은 싫은 기색 한 번 보이지 않았다. 세 번의 행렬이 이어지는 동안 마찬가지였다.

"오늘 출근한 아가씨 전부입니다!"

세 행렬이 끝나자 김 부장이 공손히 말했다.

"그럼 아가씨가 더 있다는 말씀이군요?"

"우리 아가씨들은 대개 따로 하는 일이 있기 때문에 매일 출근하지 않습니다. 그래서 보통 지금 보신 3배 정도가 있어야 원활하게 유지가 됩니다."

"세 배나요?"

"아시겠지만 그중 일부는 그만두고 또 들어오고 하면서 물갈이가 되지요."

"굉장하군요."

"초이스 테스트가 끝났으면 리커맨드로 가겠습니다."

"아, 네!"

김 부장이 문으로 가자 두 보조가 가볍게 묵례를 했다. 그 또한 카날리아와는 다른 분위기였다. 직원들끼리도 가볍게 챙겨주는 질서는 보는 사람으로 하여금 신뢰감을 갖게 만들었다.

"마음에 드십니까?"

김 부장이 챙겨온 두 아가씨는 숏미니 원피스의 오상아와 은희정이었다. 두 아가씨는 바른 자세로 서서 은은한 미소를 물고 있었다. 길모는 김 부장의 추천을 받아들였다. 길모는 오상아를 장호 옆에 앉혀주었다.

"그럼 술을 들이겠습니다."

김 부장이 보조에게 신호를 보냈다.

보조 웨이터들은 술과 안주를 들고 나란히 입장했다. 하지만 한 줄이었다. 그런 다음 테이블 앞에서 부드럽게 산개했다. 둘은 좁은 테이블을 세팅하면서도 서로 부딪치지 않았다. 안주 세팅부터 양주까지 거슬리는 동작 하나 없었다.

"첫 인연이니 제가 한 잔 올리겠습니다."

김 부장이 술병을 들었다. 길모는 잔을 내밀어 술을 받았다.

"그럼 즐거운 시간 되십시오!"

잔을 채운 김 부장은 인사를 남기고 퇴장했다.

'이제 아가씨들 간을 볼 시간인가?

길모는 잔부터 비워냈다.

심연은 1%를 지향하는 초럭셔리 룸싸롱. 하지만 아무리 그렇다고 해도 기본은 아가씨 장사였다. 아무리 고급술을 가져다 놓고 웨이터들이 뻐꾸기 신공을 날린다고 해도 아가씨 수준이 꽝이면 손님이 오지 않는 곳.

그곳이 바로 술집이었다.

"우리 뭐하는 사람 같냐?"

길모의 손이 은희정의 어깨로 올라갔다.

"음… 오빠는 벤처 사장님?"

아가씨는 싫은 기색을 비치지 않았다.

"NO! 틀릴 때마다 벌타 있다."

길모의 손은 그새 은희정의 가슴 위에 있었다. 이건 빠꼼이들이 주로 쓰는 전법이었다. 나이나 직업을 맞추도록 질문을 던지면서 틀릴 때마다 한 단계씩 아가씨 안(?)으로 침투하는 것. 그냥 불쑥 들이대는 것보다 훨씬 거부감이 덜한 방법이다.

"아유, 이제 보니 선수시다."

"잔머리 굴리면 바로 피아노 들어간다."

"에이, 그래도 술은 몇 잔 마시고 시작해야 하는 거 아닌가
요?"

은희정이 노련하게 받아쳤다. 손님 기분을 상하게 하지 않으
면서 시간을 끄는 전략. 나이는 어려도 룸싸롱 밥은 꽤 먹은 게
분명했다.

아니면, 김 부장이 제대로 교육을 시켰든지.

하는 수 없이 술을 권했다. 두 잔을 마시고 안주를 길모 입에
물린 은희정이 생글거리며 물었다.

"음… 이제 보니 도련님들?"

"게임 오버!"

길모는 희정을 당겨 그녀의 입술을 노렸다. 돌발 키스. 그러
자 그녀는 살짝 고개를 틀어 볼을 대주었다. 키스를 피하는 방
법도 나쁘지 않았다.

"아, 진짜 감질나게……."

결국 길모는 그녀를 거칠게 끌어안았다. 그녀의 허벅지까지
들어간 길모의 손에 우유 같은 촉감이 닿아왔다. 한없이 부드러
운 살. 길모 역시 남자였기에 아랫도리에 부지불식간 불끈 힘이
들어갔다.

"오빠는 진짜 짓궂으시다."

은희정은 길모의 가슴팍을 토닥거리며 물러났다. 동시에 애교스럽게 눈을 흘기는 그녀. 일부러 밀고 들어간 손이 속옷에까지 닿았지만 짜증 같은 건 보이지 않았다.

그건 장호도 마찬가지였다. 이미 역할 분담이 되었던 길모와 장호. 그렇기에 장호 역시 길모 못지않게 오상아에게 들이대고 있었다.

"우리 오빠는 거시기로 말하고 있나 봐요. 아까부터 자꾸 춤을 춰요."

오상아가 장호의 사타구니를 가리켰다. 카날리아에서는 별 반응이 없던 장호였다. 하지만 녀석도 남의 가게 여자들에게는 구미가 당기는 모양이었다. 더구나 오상아는 앉은 자세에서도 하얀 속옷이 그대로 보일 정도의 숏미니 원피스였다.

"에이, 재미없다. 술이나 마시자."

그쯤에서 상황을 정리한 길모가 술잔을 들었다. 어차피 아가씨들 반응이야 심연의 수준을 체크하기 위한 일환이었을 뿐이니까.

"자, 거국적으로 건배!"

길모가 술잔을 들자 다른 사람들도 일제히 잔을 들어 올렸다. 그 사이에 보조들이 두 번째 들어왔다. 쟁반에는 여러 가지 강장제나 발효액 음료가 들어 있었다. 몸에 좋고 숙취에 좋다고 권한다. 술을 다 마시고 갈 때 주는 길모와 다른 점이었다.

"사실 우리, 양아치야!"

보조가 나가자 술잔을 비워낸 길모가 은희정에게 말했다.

"요즘은 양아치도 좋은 직업인가 보죠? 우리 가게에 오는 형편이라면……."

은희정이 웃으며 응수했다.

"여긴 어떤 사람들이 오는데?"

"아시잖아요? 이 룸 잡으려면 적어도 중고차 한 대 값은……."

"여기 외국인도 많이 온다던데, 맞냐?"

길모, 궁금하던 카드 한 장을 꺼내 들었다.

"맞아요. 방금 전에도 프랑스 바이어들이 다녀갔거든요."

"프랑스 바이어?"

"프랑스뿐만 아니라 러시아부터 브라질까지 많이들 와요. 우리 가게 아가씨들 중에는 회화되는 사람들이 많거든요."

"그래? 그럼 너도?"

"걔는 일어 잘해요. 저는 중국어 좀 하고요."

장호 옆에 있던 오상아가 끼어들었다.

"외국인들 접대는 어떻게 하는데?"

"아, 오빠들 이제 보니 무역하시는구나? 그렇죠? 그래서 전초전으로 견적 내려고 온 거죠?"

은희정이 큰 소리로 물었다.

"반은 맞고 반은 틀리고… 그건 중요한 게 아니니까 묻는 말에나 대답해 주시지?"

길모가 대답을 재촉했다.

"뭐 외국인은 별다르나요? 그냥 와서 술 마시고 놀아요. 노래도 하고 가끔은 저희랑 브루스도 추고… 나중에 은밀하게 만나자는 사람도 있고……."

"혹시 중동 사람들도 받아봤어?"

"중동이면 아랍인이요?"

"응!"

"아랍은… 상아 너도 못 봤지?"

은희정의 시선이 상아에게 옮겨갔다.

"나도 아랍 사람은… 저쪽 아프리카 바이어는 한 번 봤는데……."

아가씨 체크는 그쯤으로 마감했다. 기본기를 잘 갖춘 아가씨들. 하지만 그 정도는 혜수와 홍연이도 다르지 않았기 때문이었다.

"아랍인이라?"

아가씨들에 이어 들어온 김 부장이 턱을 괴며 중얼거렸다.

"모신 적 없나요?"

길모는 김 부장의 잔을 채우며 거듭 물었다.

"쿠웨이트 왕족을 모신 적이 있습니다만."

"……?"

쿠웨이트 왕족?

길모, 그 한마디에 귀가 번쩍 떠졌다.

"그러니까 우리 홍 부장님 관심사는 아랍 손님이군요."

김 부장이 웃으며 되물었다.

"이야, 어떻게 아셨어요?"

"원래 가장 중요한 건 나중에 나오는 법이죠. 아랍 손님 모시게 되었어요?"

"그건 아니고… 앞으로 그쪽 루트 좀 뚫어볼까 하고요."

"한 4년 되었나? 쿠웨이트 왕족을 한 번 모신 적이 있어요."

쿠웨이트 왕족.

길모의 기대감이 조금씩 자라났다. 쿠웨이트 왕족이라면 사우디아라비아 왕자와 오십 보 백 보 아닌가?

"그쪽 분들도 술을 드시나요?"

"그때 여섯 분이 오셨는데 딱 한 분만 드시고 나머지는 금주였어요. 술은 아예 입에도 대지 않으시더군요."

"그럼 한 사람은 왜?"

"나중에 안 일인데 아랍인들도 조금씩 다른 모양이에요. 특별히 교리에 엄격한 파가 있는가 하면 약간 너그러운 파도 있고……."

"아!"

"제가 알기로 술을 드신 왕족은 사업가인데 무슬림은 아니라고 하더군요. 그래서 그 사람은 2차까지도 원했어요."

"2차요?"

"물론 기분 안 나쁘도록 거절했죠. 카날리아도 그렇겠지만 우린 2차 취급 안 하거든요. 아가씨들이 사랑에 빠져서 만나는 거야 자유지만……."

"술 안 드시는 분들은 뭘 드시던가요?"

"홍 부장님이라면 뭘 올리겠어요?"

"저라면 최고급 차를……."

"저도 그랬습니다. 솔직히 오렌지 주스를 내줄 수는 없잖습니까? 그래서 최고급 차를 내주었지요."

김 부장이 부드럽게 웃었다.

"그냥 차만요?"

"웬걸요. 아가씨와 술로 매상을 올리는 가게에서 술 안 나오니 그만한 어려움도 없더군요. 다행히 그분들은 그냥 호기심 차원에서 와본 거라 간단한 한식 차림 정도로 넘어갔는데 식사라도 원했다면 큰일 날 뻔했지요."

"그래도 만족하시던가요?"

"차는 좋아했던 것으로 기억합니다."

"한식 차림이라면?"

"음식은 주로 과일과 고급 떡을 냈습니다. 그것 역시 호기심에 몇 개 집어먹고 이야기를 나누다 돌아간 것으로 기억합니다."

별문제는 없었다.

별 특이점도 없었다.

김 부장의 결론은 그랬다.

"그러시군요."

딱히 배울 만한 게 없었다.

참고 사항도 마땅치 않았다.

길모는 피식 웃어버렸다.

애당초 김 부장에게 정답을 기대하고 온 것도 아니었다. 사우디아라비아 왕자 건이 아니더라도 한 번은 와 보고 싶었던 심연, 그리고 전설의 웨이터 김 부장.

김 부장은 매사가 부드러웠다. 마치 부처님을 대하는 느낌이다. 그런 면에서는 서 부장과 닮았다. 다만 서 부장과는 달리 김 부장에게서는 고급스러운 품격이 느껴졌다. 장호가 말하던 3성호텔과 5성 호텔의 차이가 몸에서 우러나는 것이다. 그게 신뢰가 되어 손님을 끌어당긴다.

거기서 길모는 김 부장의 상을 세밀히 뚫어보았다.

우선 얼굴은 둥근 느낌이 났다. 상재(商材)가 있다는 의미였다. 다음으로 잘린 둥근 눈에 코 뿌리가 낮으면서 끝은 둥글다. 상재에 더불어 예감이 빠르고 신용을 얻으며 금전운이 좋은 상이다.

금상첨화격으로 그는 아랫입술까지 두터웠다. 잘린 둥근 눈과 합하니 신용에 더해 주변의 존중까지 받을 수 있는 좋은 상. 결론적으로 다른 장사를 했어도 대성할 관상이었다.

"더 궁금한 거 없으신가요?"

김 부장이 물었다.

한 시간 반, 어차피 룸의 생리를 빠삭하게 알고 있는 피차 사이. 그렇다면 이제 길모가 나가줘야 할 시간이었다.

"한 가지가 있긴 한데……."

"그럼 말씀하시죠."

"아까 보니까 중간중간 숙취제거용 효소 주스나 발효 주스 같은 걸 주시더군요. 원래 그건 술 다 마신 후에 제공하는 거 아닌가요?"

"다른 웨이터들은 다 그렇게 합니다만……."

"이유가 궁금합니다."

"별다른 건 없습니다. 다만 저는 오늘보다 내일을 보는 거지요. 솔직히 그런 차는 때로 폭음을 방해하기도 합니다. 그러면 매상이 많이 오르지 않을 수 있지요. 다른 웨이터들은 그걸 고려하고 있을 겁니다."

김 부장은 조용한 목소리로 뒷말을 이어갔다.

"그런데 저는 생각이 좀 달라요. 뭐랄까, 우리 가게에 오는 손님이라면 솔직히 돈 때문에 오는 걸 망설일 사람은 별로 없거든요. 그런데 발효액을 중간중간 드시면 숙취가 많이 남지 않습니다. 그러니 어떻게 보면 술 마실 기회를 한 번 더 가질 수 있다는 거죠. 컨디션이 좋으니까 말입니다."

'아!'

길모의 입에서 소리 없는 감탄이 새어 나왔다. 고단수였다. 당장 많이 파는 것보다 다음에 올 날짜를 당기는 기법이 아닌가? 술에는 장사가 없다. 당장에야 양주 몇 병 더 팔아서 매상을 올리면 좋지만 그러다 손님이 탈이라도 나면? 일주일 후에 올 손님이 결국 몇 달 후에야 오게 되는 것이다.

'우리가 오늘을 판다면 이 사람은 미래를 팔고 있다…….'

길모는 김 부장의 수완에 혀를 내둘렀다. 이러니 단골손님들은 김 부장을 찾을 수밖에 없었다.

"별것 아닌 얘긴데… 다른 건 없나요?"

"다 궁금하지만 한 번에 알 수는 없겠지요. 선배님 말씀 귀에 담고 눈에 담고 머리에 담아서 앞으로 나갈 바로 삼겠습니다."

길모는 그 말과 함께 수표 두 장을 내밀었다.

"이건 반만 받겠습니다."

수표를 받아 든 김 부장, 한 장을 길모에게 다시 돌려주었다.

"왜요? 저는 2천만 원짜리 세팅을 시켰는데요?"

"알고 있습니다. 하지만 따지고 보면 동업자고… 게다가 방 사장님이랑 제가 계산 다 할 사이는 아니거든요. 서 부장님도 그렇고……."

"그래도…….

"대신 관상이나 한 번 봐주고 가시죠. 제가 몇 살까지 이 바닥 밥을 먹겠습니까?"

김 부장이 고개를 들며 웃었다. 쿨한 사람이다. 돌려주는 천만 원도 받지 않을 수 없는 이유를 대더니 관상 또한 거절하기 힘든 제안이었다. 다른 것도 아니고 이 바닥 밥을 먹을 기한이라니? 과연 높은 데 선 사람은 떠날 때를 아는 것일까?

웨이터 생활!

사실 고단하다.

성공한 사람도 극소수에 속한다.

무엇보다 간이 먼저 절단나는 직업이다. 밤은 화려하지만 웨이터의 아침은 찌든 피로의 연속이다. 손님이 많을수록 더욱 그렇다.

이 사람이 한 잔, 저 사람이 한 잔.

밤새 그걸 받아 마시다 보면 어느새 양주 한 병을 훌쩍 넘기는 건 다반사. 거기에 얼굴에는 검버섯이 가득하기 일쑤. 그 생활이 일 년 365일 지속된다고 생각해 보라. 지속적인 음주와 피로에는 천하장사도 별수 없는 법이다.

"4년이면 좋겠고 6년이면 좀 늦을지도 모르겠군요."

길모가 대답했다.

상재(商材)가 들어 신용이 가득한 눈이지만 그 눈과 질병궁에 이미 건강 적신호가 들어앉아 있었다. 그러니 잘 버텨야 4년. 아까부터 그 말을 웅얼거리던 길모에게도 맞춤한 질문이었다. 길모가 먼저 말하면 상대를 시기하는 발언이 될 수 있었기 때문이었다.

"다행이군요."

길모의 말을 들은 김 부장이 웃었다.

'다행?'

"딱 3년만 더 하고 가게 차리려고 생각 중이거든요. 덕분에 제 결심에 확신이 서게 되었습니다."

고수는 쿨하다. 받아들이는 것도 시원했다.

길모는 김 부장의 배웅을 받으며 차에 올랐다.

땡!

엘리베이터 문 열리는 소리는 씩씩했다. 대리기사 덕분에 편안히 집에 도착한 길모와 장호는 14층에서 내렸다.

[아, 그 술 다 먹고 와야 하는 건데…….]

장호는 남긴 고급 술이 아쉬운 눈치였다. 카날리아에서는 술 욕심을 내지 않는 장호. 하지만 생돈 낸 술은 다른 모양이었다.

"술이 아니고 여자가 아쉽겠지?"

[헤헷, 그것도 좀 그렇고요.]

"뻑 갔냐?"

[뭐, 조금요.]

"내가 볼 때는 우리 애들보다 그리 월등하지 않던데?"

[에이, 우리 아가씨들은 식구 같아서 그런 거잖아요.]

'하긴…….'

장호의 말을 들으며 복도로 접어들 때였다. 저만치 복도 끝에 낯선 얼굴들이 보였다.

[어, 혜수 누나, 승아!]

장호의 수화가 어지럽게 돌아갔다.

"너희들이 여긴 왜?"

놀라긴 길모도 마찬가지였다. 보다시피 새벽 2시가 가까운 시간이었다.

"왜라뇨? 술 취한 수컷 두 명 헌팅하려고 대기 중이죠."

혜수가 대답했다.

"하긴 장호는 누가 좀 잡아먹었으면 하는가 보다만……."

"부장님은요?"

"뭐 나도 좀 그렇기는……."

"어이구, 설마했더니 심연 애들한테 뻑 간 모양이네. 거기 애들이 그렇게 예뻐요?"

[예뻐요?]

옆에 있던 승아도 수화로 동참을 했다.

"농담이다. 나는 우리 아가씨들이 제일 예쁘거든."

길모는 두 아가씨의 추궁을 노련하게 피해갔다.

[그나저나 웬일?]

[응, 혜수 언니가 수컷들 동굴에 혼자가기 그렇다고 같이 가자고 해서…….]

장호의 물음에 승아가 수화를 그려댔다.

"들어가요. 딱 두 시까지 기다렸다가 안 오면 거기 애들한테 맛탱이 간 걸로 생각하고 여기 문에다 비벼놓고 가려던 참인데 예상 시간 안에 돌아왔으니 봐줄게요."

혜수는 뒤에 감췄던 보자기를 꺼내 보였다.

[뭐예요?]

"출장 음주 가신다길래 해장국 좀 준비했다. 왜, 싫어?"

[으악, 누가 싫대요? 그렇잖아도 얼큰한 게 땡기던 참인데]

솔깃한 장호가 혜수와 승아를 오피스텔 안으로 밀어 넣었다.

"아가씨들이랑 피아노 연주라도 질펀하게 했어요? 이런 걸 다 묻혀오고……."

혜수가 티슈를 뽑더니 길모의 얼굴에 묻은 얼룩을 닦아냈다. 짧은 순간이지만 그녀의 향이 코를 차고 들어왔다. 길모는 하마터면 그녀와 키스를 할 뻔했다.

"비싼 돈 내고 견학간 건데 할 건 다 해야지."

길모는 어색함을 숨기기 위해 건성으로 말했다.

"부장님이 잘도 그랬겠어요."

혜수의 손이 길모의 바지로 내려왔다. 허벅지에도 뭔가 묻었던 모양이었다.

"왜 이래? 나도 알고 보면 진상이라고."

"알았으니까 속이나 푸세요."

혜수는 승아와 함께 해장국을 열었다. 보온통에 담아온 덕분에 김까지 모락거렸다.

"심연… 어땠어요? 거기 부장님보다 더 전설적인 부장이 있다던데……."

"진짜 있었어. 우러러 보이더군."

"진짜요?"

"응. 괜히 일 년에 수십억 소리가 나는 게 아니더라고."

"한마디로 말해보세요."

"한마디라… 그 사람은 미래를 팔고 우리는 현재를 파는 느낌이라고나 할까?"

"쳇!"

듣고 있던 혜수가 질투를 쏟아냈다.

"왜?"

"끼어들 여지가 없는 말이잖아요. 안 봐도 이해가 되네요."

"그렇지?"

"우린 가요. 보아하니 초고수를 만나 진이 빠졌을 테니 우릴 덮쳐 줄 힘도 안 남았을 테고……."

해장국 세팅을 마친 혜수가 승아와 함께 나갔다. 아쉽긴 했지만 같이 잘 수도 없는 형편이라 길모는 잡지 않았다.

후르륵!

먹었다.

혜수가 직접 마련한 해장국을 먹었다. 맛이 좋았다. 속이 시원하게 풀리는 거 같았다.

[형!]

"왜?"

[맛있죠?]

"그래."

[혜수 누나 어때요?]

"뭐가?"

[류 약사님도 없는데 선수 교체…….]

"뭐야?"

[좋잖아요. 다른 아가씨들 하고 차원도 다르고… 요리 솜씨 좋아, 똑똑해, 쿨해, 생각도 깊어…….]

"그렇게 좋으면 네가 대시하지 그러냐?"

[엑? 내가요?]

"왜? 요즘 연상 여자 연하 남자 커플이 대세잖냐?"

[쳇, 내가 무슨 형인 줄 알아요? 솔직히 형이 있으니까 이런 거도 가져온 거지. 나 혼자 있으면…….]

"미친놈… 혼자 헛소리하더니 자학으로 엔딩이냐?"

[형!]

"자자. 배부르니까 졸리다. 아까 심연에서 배운 거 잊어버리지 말고."

[치이, 나라면 혜수 누나 찜하겠네요. 다른 놈이 채가기 전에!]

입술이 댓발이나 나온 장호는 빈 그릇을 챙겨 일어섰다. 그 사이에 집에 도착한 혜수에게서 문자가 들어왔다.

—내가 방에다 마법의 CCTV 달아두고 왔으니까 딴짓들 마시고 일찍 주무세요.

'혜수…….'

침대에 눕자 술이 오르는 것 같았다. 긴장이 풀린 탓이다.

술기운을 타고 혜수의 얼굴이 아른거렸다. 하필이면 얇은 홀

복을 입은 모습이었다. 볼륨이 생생한 장면이었다. 젊은 탓이다. 상상 속에서 혜수가 옷을 벗었다. 요염한 뒤태로 길모를 유혹하기도 했다. 길모의 중심에서 활화산이 불끈불끈 성질을 냈다.

'심연의 아가씨들 탓이야.'

길모는 그쯤에서 눈을 감아버렸다.

*　　　*　　　*

할랄!

하람!

이슬람에 있어 음식은 두 가지로 갈렸다. 할랄은 허용된 것이고 하람은 금지된 것들이었다. 이슬람에서는 돼지고기와 동물의 피, 부적절하게 도축된 동물과 취하게 하는 알콜과 음식 등이 금지되어 있었다.

허용된 동물이라고 해도 '자비하' 라는 이슬람식 도축 방식을 따라야 한다. 이는 '비쓰밀라' 라고 외치며 날카로운 칼로 짐승의 목을 단번에 베는 방식이다. 짐승의 고통을 최소화하기 위한 노력이다.

목을 벤 후에는 거꾸로 매달아 몸 안의 피를 모두 빼낸다. 피가 생명의 근원이 되는 것이라고 믿기 때문이다.

가족!

손님 접대!

관대함!

명예!

가능성!

기도!

한잠 자고 일어난 길모는 이메일로 들어온 혜수의 정보를 열어보았다. 짧으면서도 참고가 될 만한 사항들이었다.

국내의 귀빈이라면, 그저 싫어하는 음식 정도나 체크하면 되었다. 하지만 이방인 손님은 달랐다. 최소한 음식이나 기타 사항으로 인해 불쾌감은 주지 말아야 하기 때문이었다. 게다가 문화 차이란 단시간에 극복하기 어려운 일이었다.

몇 가지를 숙지한 후에 다시 중동인들 관상 분석에 나섰다. 사진은 수십 장으로 늘었다.

본래 외국어 하나를 익히면 다른 외국어를 배우는 게 쉬워진다고 한다. 관상도 그랬다. 처음에는 한없이 막막하던 중동 사람들. 책을 보고 또 보면 그 뜻이 저절로 보인다고, 안광이 지배를 철함이라는 말이 있듯이 중동인의 관상도 가닥이 잡혀갔다.

기준의 확정은 윤표 덕을 보았다. 그가 사우디아라비아에서 온 커플 유학생을 수배해 온 것이다. 커플은 안색이 좋았다. 출신도 좋았다. 길모는 단 한 치의 오차도 없이 사우디아라비아의 얼굴에 적응했다. 커플은 쩍 벌어진 입을 다물지 못했다.

얼굴 하나로 자신들의 모든 것을 내다보는 한국인. 그들에게는 정말 충격적인 경험이 아닐 수 없었던 것이다.

'좋았어!'

길모는 후련했다. 스스로의 힘으로 기준을 세웠다. 따지고 보면 세상 어디에도 정답은 없다. 심연의 견학도 마찬가지였다. 진짜 중요한 건 언제나 스스로의 힘으로 헤쳐 나가야 했다.

테이블 세팅에 대한 구상도 마쳤다. 일단 두 갈래였다. 술이야 마땅히 준비되어야 할 아이템이었다. 그것보다는 왕자가 술을 안 마실 경우의 대비가 필요했다.

'최고급 차와 한국산 명품들!'

길모는 그렇게 가닥을 잡았다. 명품으로 고가가 될 만한 건 뭐가 있을까? 일단 송로버섯이 꼽혔다. 그건 외국인들도 인정하는 국제적인 명품. 거기에 한국적인 것으로는 자연산 산삼과 진귀한 버섯 등이 있다.

그건 무슬림들도 가리지 않을 음식. 그러면서 호가는 부르는 대로 받을 수 있는 것. 그렇게 가닥을 잡으니 마음이 더욱 가벼워졌다.

[형, 잘되어가요?]

오피스텔로 돌아오자 샤워를 마치고 나온 장호가 수화를 날렸다.

"그런 거 같다."

길모 말은 들은 장호가 엄지손가락을 세워보였다. 유비무환. 그 정신으로 시작한 사전 준비 과정은 착착 정리가 되어가고 있었다.

그런데, 호사다마라고 할까? 길모의 노력과는 달리 엉뚱한 데서 엄청난 비극이 시작되고 있었다. 그 중심은 방 사장이었다.

"사장님!"

일찍 출근한 길모, 차에서 내리는 방 사장을 보고 미간을 찡그렸다. 방 사장의 얼굴에 내려온 횡액 때문이었다.

"야, 말 시키지 마라. 점심 먹은 게 체했는지 꿈꿈해서 죽을 지경이다."

"체했다고요?"

"병원에 다녀왔는데도 아프네? 충수염인가?"

"좀 가라앉으면 제가 아까 전화로 말씀드린 품목 좀 확인해 주세요."

"송로버섯하고 산삼 같은 거 말이냐?"

"예……."

"걱정 마라. 내가 벌써 손 써놨으니까."

방 사장은 인상을 찡그리며 길모를 지나갔다.

[형…….]

뭔가 이상한 낌새를 차린 장호가 다가왔다.

"방 사장님… 안 좋아."

[심각해요?]

"그런 거 같은데……."

어두운 명궁과 이마 중앙에 엿보이는 검은 줄기… 얼핏 보았지만 강력한 하강운이 분명했다.

'이따가 흰자위라도 확인해야겠어.'

흰자위에 격자가 비치면 형옥(刑獄)의 상. 감옥에 갈 운이 도래했다면 미리 대비를 세우는 게 좋았다.

하지만 비극이 길모의 대처보다 한발 앞서 달려왔다. 막 1번 룸과 2번 룸을 채웠을 때 느닷없이 검찰이 들이닥친 것이다.

"검찰입니다!"

네 명의 수사관은 신분증부터 제시했다. 드문 일이 일어났다. 방 사장은 원래 타고난 수완가. 단속이라든가 점검이 뜨는 경우 그 정보를 다 꿰고 있던 사람이기 때문이었다.

"사장님 모셔오고 아가씨들 대기시키세요."

수사관들은 카운터를 점령하더니 입구와 비상구를 막아섰다.

"무슨 일입니까?"

길모가 물었다. 그 사이에 서 부장이 달려왔다.

"불법 성매매 아가씨들 검거했는데 공급처가 여기라는 증언이 나왔어요. 협조 안 하면 개별 룸에 조사 들어갑니다."

수사관이 기염을 토했다.

"성매매라뇨? 말도 안 되는 소리입니다. 보다시피 저희는 텐프로라서 2차도 없는데…….'

서 부장이 항변했다.

"홍 마담이라는 여자가 다 까발렸어요. 헛소리 말고 협조하세요!"

홍 마담!

그 이름이 나오자 길모도 아뿔싸 싶었다. 얼마 전에 즉빵집으로 보낸 마이낑 아가씨들이 성매매를 하다 걸린 모양이었다. 길모의 뇌리가 아뜩해지는 순간, 방 사장이 사무실 문을 열고 나왔다. 그의 얼굴은 아까보다 더 사색으로 변해 있었다.

제4장

사우디아라비아 왕자를 맞아라

살벌했다.

대기실로 불려온 아가씨들은 신분증 대조가 이루어졌다. 보건증 검사도 수반되었다. 이상은 없었다. 카날리아, 그래도 명색이 텐프로였다. 미성년자를 데려다 룸에 앉힐 만큼 무지하지는 않았다.

그러나 검찰의 생각은 달랐다. 수사관들은 아가씨들을 상대로 일대일 질문을 시작했다.

2차가 있느냐?

강제 성매매가 있느냐?

요지는 그것이었다. 그러는 동안에 부장들과 보조들은 접근이 금지되었다.

"아, 미치겠네. 오늘 미래 기획 고 전무님이 유명 연예인들 데리고 오기로 했는데……."

가장 안달하는 건 이 부장이었다.

"이봐. 지금 그게 문제야?"

서 부장이 한마디를 던졌다.

"제 말은 이게 뭐냐는 겁니다. 어차피 우리하고 상관도 없는 일인데……."

"아주 상관없는 건 아니야."

"왜요? 아, 즉빵집에 넘어간 애들 책임이야 즉빵집에 있는 거지 우리가 왜 덤터기를 써야 하는데요?"

이 부장은 공연히 핏대를 올렸다.

"지금 우리가 그 공급처로 몰린 상황이잖아?"

서 부장은 사태를 정확하게 보고 있었다.

이게 바로 유탄이라는 것이다.

불법 성매매 근절에 나선 검찰. 하필이면 방 사장이 정리한 아가씨들이 일하는 곳을 덮쳤다. 2차를 나갔던 아가씨들과 손님들이 걸렸다. 수사는 당연히 전방위로 번졌다. 아가씨들을 소개한 홍 마담이 털리자 그와 연관된 방 사장이 나오는 건 수순이었다.

"홍 마담 그 미친년… 누굴 물고 늘어진 거야."

이 부장은 계속 씩씩거렸다.

"그만해!"

담배를 물고 있던 방 사장이 묵직하게 한마디 던졌다. 말하지 않아도 그의 속이 부글거리는 게 들렸다. 방 사장으로서도 황당한 일이었다. 창졸간에 일어난 일이라 검찰에 깔아둔 라인도 작동하지 않았다.

원래 모든 라인은 사전 작동이 원칙이다. 일단 상황이 시작되면 라인은 침묵한다.

공연히 끼어들다가 비호세력으로 엮으면 도리가 없다. 그걸 알기에 방 사장도 아는 검찰 라인에 연락을 취하지 않았다. 일단은 소나기부터 비껴가야 했다.

"영업정지 먹는 거 아닐까요?"

서 부장이 조심스럽게 말했다. 그 이상은 아니다. 하지만 성매매와 관련된 일이라면 영업정지가 떨어질 수도 있었다.

"아, 형님은 말을 해도… 아, 우리가 성매매 알선한 것도 아닌데 무슨 영업정지요?"

이 부장은 바로 발끈하며 성깔을 부렸다. 길모는 계속 관망했다. 이 정도 일은 어렵지 않게 헤쳐 갈 수 있는 방 사장이었다. 하지만 기분이 좋지 않았다. 방 사장 얼굴에 드리워진 횡액과 관재수 때문이었다.

검찰의 질문은 오래지 않아 끝났다. 2차에 관한 건 길모도 크게 걱정하지 않았다. 카날리아 아가씨들에게 있어서 2차는 개인의 자유에 속하는 문제였지 사장이나 부장들이 강요한 적이 없었던 탓이다.

다만 걸리는 건 있었다.

그건 바로 2차를 강압하는 손님들에게 간접적으로 연결한 라인 때문이었다. 그중 하나가 다찌방이었다. 비록 다른 곳에 소개한 일이지만 캐고 들어오면 당할 수밖에 없었다.

"사장님은 내일 좀 출두해 주셔야겠습니다."

별다른 이상이 나오지 않자 수사관들이 대기실에서 나왔다. 그들은 답변이 만족스럽지 않은 아가씨 두 명도 동행할 것을 요청했다.

"그러죠."

방 사장은 기꺼이 협조했다. 당장은 검찰 수사관들을 내보내는 게 급선무였다. 룸 안에 손님들이 몇 팀 있었기 때문이었다.

"야야, 빨리들 룸으로 뛰어!"

수사관들이 철수하자 이 부장이 아가씨들을 다그쳤다. 손님들 인내심이 바닥나기 전에 아무 일도 없었다는 듯 입실하려는 것이다.

하지만!

그 소망은 번쩍거리는 경광등 불빛 때문에 수포로 돌아갔다.

[형… 경찰이에요!]

캐딜락 옆에 서 있던 장호가 바삐 수화를 그렸다. 검찰이 간지 2분도 되지 않아 이번에는 경찰이 들이닥쳤다.

"무슨 일입니까?"

방 사장이 나서며 물었다.

"여기 사장이 누굽니까?"

차량 문도 채 닫지 않은 경찰이 물었다.

"납니다만……."

"세금포탈과 종업원 갈취 등으로 신고가 들어왔습니다. 같이 좀 가시죠."

"예?"

"서에 가서서 얘기하세요."

"이봐요. 세금 포탈이라니… 뭐 잘못 알고 온 거 아닙니까?"

"신고자 이름은 허세광, 모릅니까?"

"허세광? 우리 직원들 중에 그런 이름은 없……."

핏대를 올리던 방 사장이 움찔 동작을 멈췄다. 부장들의 시선이 전부 사장에게 쏠려갔다.

"그, 그 개자식?"

방 사장의 목청이 높아졌다.

그 개자식!

그 정체는 바로 오 양의 남친이었다. 매상을 야금야금 빼먹다가 걸린 오 양. 급기야 남친과 함께 돈을 갚겠다는 차용증을 쓰고 무마되었지만 남친이 사고를 친 모양이었다.

"이런 쌍년놈을……."

결국 방 사장은 경찰차에 타고 말았다.

결국 카날리아의 영업은 종료되었다. 룸에 있던 손님들이 낌새를 차리면서 하나둘 빠져나갔다. 새로 도착한 손님들도 경찰차를 보더니 슬그머니 차머리를 돌렸다.

길모는 예약 손님 네 명에게 전화부터 걸었다. 처음으로 예약을 취소하는 마음을 쓰렸지만 도리가 없었다.

설상가상!

비극은 이게 시작이었다. 방 사장은 불구속으로 풀려났지만 뜻밖에도 영업정지가 떨어졌다. 성매매 사건이 워낙 대대적으로 보도되면서 유탄을 제대로 맞은 것이다.

"뭐야?"

구청 직원과 전화를 실랑이를 벌이던 방 사장은 그 자리에서 무너졌다. 심각하게도 간부전이었다.

길모와 부장들은 방 사장을 면회한 자리에서 청천벽력 같은 소리를 들었다.

'건물주의 재계약 불가 통보!'

최악이었다. 이건 영업정지하고는 차원이 달랐다. 건물 재계약이 안 되면 가게 문을 영원히 열지 못하는 것이다. 이유는 건물의 이미지 때문. 새로 바뀐 건물주로서는 호재를 만난 셈이었다. 신문방송에 건물의 이름은 나오지 않았지만 아는 사람은 알고 있는 모양이었다. 그 또한 SNS의 위력이었다.

[형, 그럼 TPT하고 계약 위반이잖아?]

뒤에 서 있던 장호가 길모의 옆구리를 찌르며 수화를 그려댔다.

"……!"

그제야 정신줄에 번쩍 전깃불이 들어오는 길모. 그게 몇 배던
가? 자그마치 희망 매상의 100배였다. 100배!

"어이쿠!"

길모의 말을 들은 방 사장은 아예 넋을 놓았다. 하루 매상액
으로 3억을 넣었으니 산술적으로 치면 300억을 물어내야 할 판
이었다.

"……!"

"……!"

부장들이 죄다 돌아간 병실에는 길모와 방 사장만 남았다. 둘
을 둘러싼 건 깊은 침묵이었다. 방 사장의 시선은 창문을 향해
있었다.

이유야 어쨌든 비극의 발단은 방 사장 작품. 더구나 일국의
왕자를 손님으로 모시기로 계약까지 쓴 마당이니 그냥 넘어갈
수 있는 일도 아니었다.

"미치겠네. 최고급 차에다 산삼, 송로버섯까지 주문을 넣어
놓은 판에……."

"……."

"미안하다."

"……."

"어쩌겠냐? 가서 다른 데 알아보라고 하거나… 아니면 하루
정도 다른 룸을 빌려 쓰면……."

"……."

"하긴 그렇다고 해도 계약 위반은 마찬가지겠구나. TPT에서
이미 저쪽에 통보했을지도 모르니……."

"……."

"그만한 회사가 실수하고 싶지도 않을 테고……."

"……."

"야, 뭐라고 말 좀 해봐. 꿀 먹은 벙어리냐?"

답답한 마음에 방 사장의 목소리가 높아졌다.

"안정하세요. 의사 말이 자칫하면 위험하다지 않습니까?"

"야, 지금 내가 안정할 팔자냐? 가게 날리고 계약 위반으로
전 재산을 날려도 모자랄 판에!"

"……."

"아, 홍 마담 그년… 하필이면 그런 데다 애들을 넘겨가지
고……."

"……."

"그리고 이 쓰발 오 양 년. 내가 병원에서 나가기만 하면 그것
들 둘을 잡아서 껍질을 벗기고 말 거다."

"사우디가 먼저입니다."

"누가 몰라? 상황이 이 꼴이니까 그렇지!"

방 사장이 악을 썼다.

"……."

길모가 침묵하자 방 사장은 길고 깊은 숨을 내쉬었다. 그 뒤

로 한마디가 이어졌다.

"이렇게 된 거 방법은 하나뿐이다."

'방법?'

"네가 건물 주인 꼬드겨서 재계약 따내라. 그럼 가게 넘겨줄
테니까."

"예?"

길모는 귀를 의심했다. 재계약이 아니라 가게를 넘긴다는 말
때문이었다.

가게를 넘긴다.

그건 길모보고 카날리아의 주인이 되라는 말 아닌가?

"그렇잖아도 요즘 꿈자리 뒤숭숭했다. 그런 차에 이 꼴이 나
고 보니 이 방규태 운빨도 다한 모양이다. 네가 담판 지어서 재
계약하면 권리금 포기하마."

"사장님!"

"너 좋아서 이러는 거 아니다. 나 살려고 이러는 거지."

"사장님."

"생각해 봐라. TPT에서 계약 위반이라고 물고 늘어지면 난
알거지 된다. 너도 마찬가지고. 하지만 그쪽에서 누굴 물겠냐?
당연히 나를 물겠지. 아까 서 부장이 대안이 있냐고 물을 때는
생각이 안 났다만 대안은 이것뿐이다. 그러니 네가 주특기인 관
상을 동원해서라도 건물주 녹여봐라. 이거 실패하면 너하고 나
하고 공동 쪽박이야."

"……."

"아니지. 기왕 배팅하는 거 아예 건물도 인수해라. 네 손님들 중에 전주(錢主)들 많으니까 될 수도 있을 거다. 어쩌면 좋은 투자가 될 수도 있고."

"혹시 그렇게 된다고 쳐도 영업정지 처분은요?"

"건물 문제만 해결되면 내가 나서마. 영업자 변경한다고 하면 과징금으로 대치될 수 있을 거다. 그동안 깔아둔 떡밥 다 동원하면 될 거다."

"……?"

"서둘러라. 이런 일에도 골든 타임이 있어. 여차하다 분위기 뒤숭숭해지면 아가씨들 다 빠진다."

골든 타임!

방 사장의 안목은 정확했다. 사장은 쓰러졌다. 건물주를 재계약 불가를 천명했다. 게다가 가게는 영업정지가 떨어진 판. 어떤 부장이건 이적을 선언하면 가게 전체가 흔들릴 판이었다.

"해보죠."

길모의 입에서 비장한 목소리가 새어 나왔다.

[예? 형보고 가게를 인수하라고 한다고요?]

복도로 나오자 장호가 눈알을 뒤집었다.

"그래."

[으악, 그게 말이 되요? 우리가 무슨 돈이 있다고요?]

"빌려야지."

[뭘로요? 카날리아 건물이 한두 푼 하는 것도 아니고.]

하긴 그랬다. 카날리아 건물은 아파트 한 채가 아니다. 그렇다면야 오피스텔 담보로 하고 차를 처분하면 간단했다. 여태껏 코딱지만 한 옥탑방에서 살았으니 다시 그 생활을 못할 것도 없었다.

하지만 카날리아 건물은 빌딩이었다. 못해도 30억을 달랄 판이었다.

"그럼 얌전히 TPT그룹에 손해 배상해 줄까?"

[그, 그건 아니지만…….]

"운전해라. 시간 없다."

길모는 조수석에 앉으며 핸드폰을 꺼냈다.

길모가 제일 먼저 마주한 건 서 부장이었다. 하지만 길게 얘기할 필요는 없었다.

—방 사장님 연락받았다.

"……."

—내 의중을 묻는다면…….

서 부장은 잠시 뜸을 들인 후에 말꼬리를 이었다.

—너 잘되는 거 보고 싶다.

"부장님!"

길모는 콧날이 시큰해지는 걸 느꼈다. 그건 길모를 돕겠다는 것과 같은 말이었다. 길모가 오너가 된다고 해도 자리를 옮기지 않는다는 약속이었다.

　─자신 있냐?

서 부장이 따뜻한 시선으로 길모를 바라보았다.

"한 번 해보겠습니다."

　─가봐라. 이 부장하고 강 부장은 내가 잘 말하고 있을 테니까.

"고맙습니다. 형님!"

　─그 말은 성공한 다음에. 실패하면…….

서 부장은 말을 아꼈다. 말줄임표 뒤에 생략된 말까지 덧붙여 길모의 힘을 뺄 생각은 없는 눈치였다.

　[형…….]

"오빠!"

길모의 캐딜락 앞에 모여든 길모 사단은 자못 심각했다. 잘나 가던 홍길모 사단의 최대 위기. 이제 그 역경을 딛고 일어서는 것 또한 고스란히 길모의 몫이었다.

"애들 봐라? 그새 해이해졌네? 일 잘 풀릴 거니까 빨리들 가서 꽃단장 안 해?"

길모는 괜한 으름장부터 놓았다.

"우리 걱정 말고 힘내요. 어디 안 도망갈 테니까."

혜수가 대표로 나와 길모의 옷깃을 바로잡아 주었다.

"자신 있죠?"

"그럼 내가 괜히 관상왕이냐?"

"히든카드로 미인계는 어때요?"

혜수가 웃으며 요염한 포즈를 취해 보였다. 데려가면 도움이 되지 않겠냐는 의미였다.

"고맙지만 가서 아랍어 연습이나 하고 계세요. 어떻게든 건물주를 구워삶을 테니."

길모는 두 손을 내밀어 혜수의 어깨를 맞잡았다. 그녀가 하얗게 웃었다. 길모를 믿는다는, 미소로 대신하는 그녀의 응원이었다.

십자가!

눈에 거슬렸다. 건물주의 또 다른 사무실 앞에 걸린 십자가 때문이었다. 종교는 자유다. 하지만 십자가라면 관상을 거부할 가능성이 컸다. 길모가 기척을 내자 사무실 안에서 여직원이 나왔다.

"건물을 팔라?"

건물주는 오만했다. 십자가에서 짐작했듯 그는 유명한 교회의 권사이자 작은 기업의 사장이었다. 하긴 목사가 아닌 게 다행인지도 몰랐다.

권사!

길모는 잘 모르는 직책이었다. 기껏해야 목사와 집사, 장로만 주워들었던 길모. 하지만 이름의 무게감으로 보아 아주 허접한

직분은 아니라는 걸 직감하게 되었다..

기타 정보로는 부부운이 좋은 사람. 그러나 무자식이란다. 원래 부부운이 너무 좋으면 자식이 없는 사람도 있는 법. 길모 인간적으로는 아쉬움이 남는 일이었다.

"부탁드립니다."

"카날리아의 웨이터라고?"

"예?"

"불쌍한 죄인이로고."

깐깐하다. 70에 가까워 보이는 늙은 권사는 대뜸 혀부터 차고 나왔다.

"네?"

"이 참에 회개하고 주님의 품에 안기게. 그 또한 주님의 뜻이리니."

"선생님……."

"선생이 아니고 권사. 아니면 양 회장님이라고 부르던가."

권사는 오만한 동시에 불손했다.

"그렇잖아도 내가 그놈의 술집에 사달이 나라고 기도하던 참인데 주님께서 영광을 내리셨군. 내 기도를 이렇게 빨리 들어주시니 말이야."

"권사님, 카날리아는 건전한 비즈니스 장소입니다. 이상한 술집이 아닙니다."

"그럼 신문 방송이 잘못된 거란 말인가? 한 병에 수백만 원씩

하는 양주를 마시면서 온갖 변태작태를 다 벌이고 성매매까지 일삼는다고 하던데? 오, 주여. 불쌍한 양들을 인도하소서."

권사가 목청을 높이는 사이에 여직원이 홍삼차를 들고 와 내려놓았다. 물론 길모에게 주려는 게 아니라 권사를 위한 차였다.

"아무튼 일 없으니까 가보게. 자네 사장한테 통보도 끝났고… 그 빌딩은 리모델링해서 우리 교인들 쉼터 겸 수련원으로 만들 거니까."

권사는 길모를 향해 냉정하게 손을 휘저었다.

관상!

그것 하나 믿고 달려온 길모. 들어서기 무섭게 관상을 꿰뚫었다. 권사의 재백궁은 좋았다. 부부궁에 이어 형제자매궁도 나쁘지 않았다. 복덕궁과 전택궁도 두툼하다. 무난한 상을 읽어가던 길모, 부부궁에 걸린 아슴한 느낌이 마음을 잡아 세웠다.

'분명 재혼이 아니라고 들었는데……'

어쨌든 재혼이었다. 틀림없다. 관상으로는, 맹세코 그랬다.

'이것 봐라?'

어쩌면 일이 쉽게 풀릴 수도 있겠다는 희망이 솟구쳐 올랐다.

그런데!

이건 또 웬일인가? 여직원을 바라보던 길모의 눈빛이 멈춰 버렸다. 두 사람이 정을 통하는 불륜관계냐고? 천만의 말씀. 그보다 더 쇼킹한 상이 나왔다.

'하느님, 완전 땡큐입니다.'

길모는 의기양양한 권사를 향해 천천히 시선을 돌렸다.

"다니시는 교회가 대박교회인 모양이군요?"

길모가 책꽂이에 꽂힌 명패를 보며 포문을 열었다. 명패는 권사 취임 때 동료 신앙인들이 만들어준 모양이었다. 명패 안에는 권사와 그 부인으로 보이는 여자의 사진이 박혀 있었다. 사이는 정말 꿀커플처럼 좋아 보였다.

"그게 뭐?"

"이분이… 사모님이신가 보죠?"

"이봐. 헛소리 말고 나가."

"에이, 너무 그러지 마십쇼. 혹시 압니까? 제가 또 대박교회에 신도로 나가게 될지."

"……?"

권사가 미간을 찡그렸다. 마땅치 않은 말이지만 전도가 될 수도 있다는 데에야 냉대하기 어려운 모양이었다.

"그런데… 두 분 사이가 정말……."

길모는 환하게 웃던 미소를 끊으며 뒷말을 이었다.

"둘도 없는 한 쌍의 원앙이로군요?"

"그래서?"

신경이 쓰이는 지 권사는 눈살부터 찌푸렸다.

"두 분이 다 초혼이라고 들었습니다만……."

"남의 가정사에 신경 끄고 나가!"

권사의 손이 문을 가리켰다. 더 듣기조차 귀찮다는 반응이었다. 길모는 권사의 손끝을 바라보다 천천히 시선을 옮겼다.

"그런데 정말 죄송하지만 두 분 중의 한 분은 초혼이 아니로 군요."

길모의 시선이 멈춘 곳은 여직원 쪽이었다.

"뭐야?"

"그런데 두 분 중에 한 분은 그 사실을 모르고 사는 것 같고……."

"나가, 나가라고!"

권사의 목소리가 훌쩍 높아졌다.

"거기 여직원 분……."

길모는 권사를 무시한 채 여직원을 향해 말을 이었다.

"이 회사에 아버지랑 같이 근무하시네요?"

"……!"

길모는 보았다. 그 말에 권사와 여직원이 비슷하게 반응하는 걸. 다른 듯 닮은 두 사람의 표정이 그 순간만은 꼭 닮아 보였다.

"이 친구가 어디서 수작이야?"

흥분한 권사가 길모를 밀쳤다. 하지만 미리 대비하던 길모는 꿈쩍도 하지 않았다.

"오기 전에 주변에서 권사님 얘기를 들었는데… 아주 훌륭하고 독실한 신자라고 하더군요. 게다가 초혼에 부부 애정이 너무 좋아 하느님까지도 질투할 정도라고……."

"……?"

"그런데 이걸 어쩌죠? 하느님도 모르는 사실이 있었네요?"

"이 친구가 진짜!"

"초혼 아니시죠?"

"……!"

"관상에 따님이 있어요. 무남독녀 외동딸……."

"뭐, 뭐야?"

길모는 다시 여직원에게 시선을 돌렸다. 당황한 여직원은 파르르 떨더니 달아나듯 문을 열고 나갔다. 탁!

문 닫기는 소리가 요란했다. 여직원이 그만큼 놀랐다는 반증이었다.

"너 뭐야? 지금 누구 앞에서 헛소리야?"

권사가 길모의 멱살을 잡고 늘어졌다. 길모는 간단히 그 손아귀를 풀었다. 파쿠르에 이어 진단주먹이라는 별명까지 붙은 길모. 악력이라면 웬만한 격투기 선수하고도 맞짱을 뜰 수준이었다.

"이놈이 어디서 행패야? 경찰 부르기 전에 썩 꺼져."

힘으로 안 되자 권사는 갈기를 세우며 소리쳤다.

"그거 잘됐군요. 불러주시죠. 그렇잖아도 확인하고 싶은 게 있거든요."

길모는 작심하고 변죽을 울렸다.

"확인할 거라니?"

"권사님 따님 말입니다."

"……."

"방금 나간 아가씨… 제가 보기엔 권사님 따님이 맞습니다. 아닌가요?"

"뭐, 뭐야?"

"사모님이 모르신다면 사연이 있겠죠? 젊을 때 사실혼으로 살다가 여자가 죽었군요. 관상을 보니 서른둘이라 지금의 사모님을 만나기 이전. 그래서 따님을 비밀리에 양육하다 여직원으로 채용해서 돌보는 거 아닙니까?"

"……."

창백하게 변한 권사의 입이 쩌억 벌어졌다. 길모가 정곡을 콕 집어 찔러 버린 까닭이었다.

"이의 있으시면 경찰 입회하에 유전자 검사하시죠. 만약 제가 틀리면 명예훼손죄로 바로 처넣으셔도 좋습니다."

"……!"

"귀신은 속여도 나는 못 속입니다."

확신에 찬 길모의 눈에서 열기가 튀어나왔다. 뜨거울 정도였다.

"이런 싸가지 없는 놈……."

반면 권사는 거품을 물었다.

"저는 홍 부장입니다. 홍길모 부장. 카날리아에서는 관상 좀 본다고 관상왕으로도 불리죠."

"관상 같은 소리? 무슨 약점이라도 잡을까하고 우리 뒷조사를 한 게 아니야?"

권사가 눈을 부라리며 대들었다.

"아시다시피 물장사 출신이라 뒷조사 같은 거 할 능력은 없습니다. 하지만 사모님께 전화해서 의견을 물을 수는 있지요. 권사님께서 몰래 따님을 양육 중인데 확인해 볼 생각 있으시냐고."

"이, 이봐!"

권사의 얼굴이 우윳빛으로 변했다.

궁지에 몰린 권사. 이마에서 굵직한 땀방울이 흘러내렸다. 길모는 은은한 미소를 머금은 채 권사를 바라보았다. 그것으로 충분했다. 거친 호흡을 고른 권사는 결국 갈기를 내리고 길모의 손을 잡았다.

"왜 이러세요? 이럴 시간에 기도하셔야 하는 거 아닌가요?"

마침내 기선을 제압한 길모는 급할 게 없었다.

"우리, 말로 하세. 세상에는 말 못 할 사연도 있는 법이라네."

"압니다. 저도 기막힌 일 많이 보고 들었거든요."

"돈이 필요하면 주겠네. 그러니……."

"권사님!"

"……?"

"제게 필요한 건 건물입니다."

"건물?"

"파실 겁니까? 말 겁니까?"

권사가 허둥거리는 걸 본 길모, 강력한 압박을 가하기 시작했다.

"건물은……."

"거절하시면 부득 사모님을 만나 다른 것까지 전부 말씀드릴 겁니다. 그 건물을 사수 못 하면 나도 죽은 목숨이거든요."

"다른 거라니?"

"상을 보니 권사님은 도벽도 있군요. 과거에도 세 번, 그리고 최근 들어 세 달간 날린 돈이 1억 가까운 거 같은데 사모님이 아시면 좋아하시겠네요."

"……!"

그 말이 카운터로 작용했다. 딸을 몰래 양육해 온 비밀에 더해 도벽까지 안고 살던 두 얼굴의 권사. 오만방자하던 권사의 시선이 한없이 풀어지는 게 보였다.

"팔겠네."

권사의 고개와 함께 마침내 허락도 떨어졌다.

"가격은요?"

"시세대로… 32억일세. 그건 마누라 때문에라도 한 푼도 깎을 수 없네."

"콜입니다."

길모는 기꺼이 받았다. 어차피 1~2억을 깎는 게 목적은 아니었다.

"……."

"기왕에 허락해 주실 것을 쉽게 해주시면 좋았을 것을… 본의 아니게 비밀까지 들추게 되어 유감입니다."

"됐으니까 각서를 쓰시게. 차후로 내 딸에 대한 비밀은 절대 누설하지 않겠다고. 그래야만 건물을 넘길 거야."

"맹세하죠."

"후우!"

"그리고 협조해 주셨으니 보너스도 하나 드리고 가겠습니다."

"보너스?"

"따님 말입니다. 남자에게 속을 상이라 지금 물심양면으로 고통을 받고 있습니다. 남자 나이는 33살에 딸 둘을 둔 유부남 같은데 혹시 짐작이 가는 사람이 있으면 정리하시고… 남자는 좀 늦게 사귀도록 하시면 그나마 예방이 될 겁니다."

"33살에 딸 둘을 둔 유부남? 그럼 이 차장 그놈? 어쩐지 눈치가 수상쩍다 했더니…….."

짚이는 곳이 있는 지 권사는 바로 치를 떨었다.

"그럼 돈을 마련해서 다시 오겠습니다."

"잠깐!"

권사가 길모의 걸음을 세웠다.

"자네 정말… 지금까지 말한 게 관상을 보고 맞춘 거란 말인가?"

"예."

"따로 뒷조사를 한 게 아니고?"

"얼굴에 다 나와 있는데 뭐 하러 수고를 한단 말입니까?"

"정말 관상?"

"그럼 이만……."

길모는 파르르 떠는 권사를 뒤로 하고 문을 나왔다. 여직원은 창가에서 떨고 있었다. 비밀스러운 관계가 탄로난 여자. 마음이 편할 리가 없었다.

"아까 한 말 농담이에요. 대신 남자나 조심하세요."

길모는 작으나 그녀를 위로해 주었다.

[형, 어떻게 됐어요?]

사무실을 나오자 장호가 달려왔다.

"어땠을 거 같으냐?"

길모가 웃으며 되물었다.

[성공?]

"일단은, 이단은 자금을 마련해야지."

[진짜?]

"야, 너는 속고만 살았냐?"

[으아, 길모 형 만세!]

흥분한 장호가 길모를 안아 올렸다.

"야, 남이 보면 호모라고 오해하니까 시동이나 걸어라. 아직

다 끝난 거 아니다."

길모의 머리에는 천 회장이 들어 있었다. 뭐니 뭐니 해도 관건은 머니. 이제는 천 회장과 담판을 지을 차례였다.

천 회장은 집에 없었다.

사무실에도 없었다. 원래 한 번 움직이면 팔도를 휘젓는 사람이었다. 하필이면 오늘, 쓸 만한 투자자들과 함께 풍류까지 즐기는 모양이었다.

[형…….]

운전석에서 핸드폰을 만지작거리던 장호가 수화를 그렸다.

"왜?"

[빌려줄까요?]

"모르지."

[형…….]

"얌마, 내가 무슨 하느님이냐? 그냥 최선을 다할 뿐이야."

[안 되면 돈 많은 인간들 금고라도 털러 가요.]

금고 따기!

그러고 보니 그 방법도 있었다. 하지만 길모는 바로 고개를 저었다. 땡기는 방법이 아니었다.

"우리 아직 안 해봤다."

길모가 잘라 말했다. 아직 시도도 하지 않은 일. 그걸 두고 미리 부정적인 결과를 상상하고 싶지는 않았다.

"가서 컵라면이나 좀 사와라."

[라면 먹게요?]

"저번에 사업 자금 궁하다던 김 사장님 알지?"

[앱 개발하는 분요?]

"그 양반이 그러더라. 돈 빌리러 갈 때일수록 배가 빵빵해야
한다고."

[배는⋯ 왜요?]

"배고프면 비굴해진단다. 왜 배부르면 만사가 느긋해지지 않
냐? 돈도 빌리려는 사람이 너무 비굴해 보이면 빌려주고 싶지
않거든."

[관상학적으로도 그래요?]

"관상? 어, 그러네? 아무래도 배가 고프면 얼굴색에 생기가
돌지 않으니까."

[그럼 두 개씩 먹을까요? 아니면 세 개?]

"두 개가 좋겠다. 기왕이면 각각 다른 맛으로."

[알았어요.]

장호가 문을 열고 나갔다.

그러고 보면 세상은 태피스트리처럼 정교하게 엮여 있다. 길
모에게 측면 지원을 요청하려고 왔던 김 사장. 지금은 그가 길
모에게 도움이 되고 있었다.

타산지석(他山之石)!

'명언이네.'

길모는 느긋하게 등을 기댔다. 마음을 느긋하게 먹으니 괜히 여유가 생겼다.

후르륵!

보닛에 엉덩이를 걸치고 컵라면을 먹었다. 괜찮았다. 특히 국물이 시원했다.

[형 말이 맞네요.]

"뭐가?"

[배가 부르니까 좀 낙관적으로 바뀌는 거 같아요.]

"자식……."

[혜수 누나하고 애들한테서 문자 여러 번 왔어요. 성공하면 바로 연락하라고.]

"그것들은 얼굴이나 잘 가꾸고 있으라니까……."

길모가 고개를 돌릴 때 낯익은 차가 시선에 쏙 들어왔다.

[천 회장님 차예요.]

"그래……."

길모의 전신에 짜릿한 긴장이 스며들었다. 하지만 조바심을 내지는 않았다. 천 회장이 첫손에 꼽힌 건 사실이었다. 하지만, 만약 안 된다면 대안이 전혀 없는 것도 아니었다.

옥항규 지점장과 노봉구 사장… 그들도 염두에 둔 길모였다. 그래도 안 되면 에뜨왈의 이 실장부터 몽몽의 최 회장까지도 매달려 볼 판이었다. 한 사람에게서 다 안 되어도 상관없었다. 십시일반은 괜히 있는 말이 아니니까.

천 회장이 차에서 내렸다.

하필이면 동행자가 있었다. 상대는 50대의 유한부인. 둘의 거리가 사무적이다. 보아하니 사업상 만난 관계로 보였다. 천 회장이 집으로 들어가는 동안 길모는 차 안에서 숨을 죽였다. 마음은 급하지만 타이밍이 아니었다.

길모의 마음을 아는 장호 역시 뭐라고 입을 열지 않았다. 그저 핸드폰만 눌러댈 뿐이다.

유한부인은 1시간이 지나서야 천 회장의 집에서 나왔다. 길모는 천 회장이 그녀를 배웅한 후에야 차에서 내렸다.

"홍 부장이 웬일이신가?"

전화를 받고 다시 사택에서 나온 천 회장이 물었다.

"안녕하시죠?"

길모는 장호와 함께 겸손히 인사를 올렸다.

"응? 그러고 보니 저 차는 아까부터 있었던 것 같은데?"

"온 지 조금 되었는데 회장님이 바쁘신 것 같아서……."

"저런, 그렇게까지 배려하지 않아도 될 일을."

"그분이 저보다 회장님을 먼저 만나셨으니 차례를 기다리는 게 당연합니다."

"아무튼 들어가세. 무슨 일인지는 모르지만 집 앞에 사람을 세워둘 수는 없지."

길모는 천 회장을 따라 거실로 들어섰다. 장호는 혼자 차에 남았다. 거실은 단아했다. 조금은 낡은 것 같은 거실 풍경이 길모의 눈을 편하게 만들었다.

"그래. 무슨 일로 나를 찾아오셨나?"

천 회장이 차를 권하며 물었다.

"괜찮은 투자처가 있어서 알려드리려고 왔습니다."

"투자?"

"예."

길모가 대답했다.

"그보다 카날리아에 문제가 생긴 것 같던데?"

"굴체구신(屈體求伸)일 뿐입니다."

"멀리 뛰기 위해 움츠린 것이다?"

"예."

"홍 부장이 그렇다면 그런 것이지. 그래 투자처는 뭔가? 자네가 물어온 투자라니 나도 귀가 솔깃해지는군."

"투자 금액은 32억, 투자 대상자는 홍길모, 투자 용처는 카날리아 건물 매입입니다."

길모는 핵심부터 까보였다.

"응?"

"투자하시겠습니까?"

다그치듯 질문을 퍼붓는 길모.

32억!

결코 작은 금액이 아니었다. 게다가 우호적이라고 해도 전주와 웨이터 관계. 그래도 길모는 비굴하지 않았다. 내 관상은 32억 이상의 가치가 있습니다. 당신은 그걸 인정하시겠습니까?

길모의 눈은 그렇게 묻고 있었다.

32억!

천 회장은 한동안 길모에게서 눈을 떼지 않았다. 뭐라고 입을 열지도 않았다. 길모 역시 그에게 꽂힌 시선을 거두지 않았다. 노려보는 것도 아니었다. 애걸을 하는 것도 아니었다. 얼마나 지났을까? 평행을 이룬 시선은 천 회장에게 걸려온 전화 때문에 깨졌다.

따라라라랑!

따라라랑!

천 회장은 전화를 받지 않았다. 한 번 더 걸려 와도 마찬가지였다. 세 번째 벨이 울리자 이번에는 아예 배터리를 빼버리는 천 회장.

그의 목소리는 그 후에야 입술을 밀고 나왔다.

"담보는 자네로군."

"예!"

"콜!"

천 회장은 한마디로 대답했다.

"회장님!"

"배팅하겠네!"

"고맙습니다."

길모는 그 자리에서 공손하게 예의를 갖추었다.

"투자에 대한 계약 조건은 자네에게 일임하겠네. 다만⋯⋯."

천 회장은 길모를 바라보며 미소를 머금었다.

"어쩌다 예약을 못 하고 찾아가도 박대받지 않을 특전 정도
는 주었으면 하네만."

"그건 보장해 드리겠습니다."

"그럼 계약서 첫 조항에 그걸 넣어주시게. 천경대는 홍 부장
의 관상룸 예약에서 예외로 우대한다."

"다른 옵션은?"

"없네."

"회장님⋯⋯."

"가보시게. 돈은 계좌를 놓고 가면 바로 입금해 드릴 테니."

천 회장!

과연 대물이었다. 무려 32억을 내놓으면서도 흔한 공치사 한
번 하지 않았다. 게다가 별다른 담보도 원치 않는다. 이게 아무
나 할 수 있는 일인가?

길모는 한 번 더 고개를 조아리고 천 회장의 집을 나섰다.

문이 닫히자 천 회장은 비로소 배터리를 끼웠다. 그런 다음
조금 전에 걸려온 번호로 연결했다. 그 번호는 모상길의 것이었
다.

"왔다 갔습니다."

─콜을 받으셨습니까?

"어쩌겠습니까? 모 대인님까지 이리 압박이신데……."

─압박이 아니라 투자입니다.

"압니다. 관상계를 떠났다던 대인께서 친히 나선 판이 아닙니까? 사실 저도 살짝 궁리하던 차였는데 마침 홍 부장이 그럴 운때가 되었다니 잘된 거죠."

─제 언질은 하지 않았죠?

"죄송하지만 대인님 말씀이 아니더라도 배팅할 생각이었습니다."

─어이쿠, 역시 나는 관상계에 기웃거리지 말 걸 그랬습니다.

"그건 또 무슨 말씀이신지?"

─내가 아니어도 일어날 일이었다면 회장님이나 홍 부장 상을 잘못 본 거 아닙니까? 저절로 일어날 일에는 관여하지 않는 게 늙은이의 도리거늘…….

"별말씀을 다 하십니다. 그나저나 언제 한 번 납시지요. 이제 아무 때나 홍 부장에게 쳐들어가도 눈치 볼 일은 없게 되었습니다."

─아무튼 고맙습니다. 쉬십시오.

모상길의 전화가 끊겼다. 천 회장은 미소와 함께 핸드폰을 내려놓았다.

모상길의 전화.

그걸 받은 건 며칠 전이었다. 뜻밖에도 모험 투자를 제의해 왔다. 뜻밖에도 홍길모 건이었다.

'관상왕이 작은 틀을 깰 때가 되었다.'

'관상을 믿는다면 부디 배팅을 부탁한다.'

처음부터 솔깃한 제안이었다. 천 회장 또한 그런 마음을 가지고 있었다. 길모의 그릇을 읽었던 탓이었다.

하지만 새는 자기 날개의 힘으로 날아야 한다. 꽃 역시 자기 힘으로 피어야 한다. 그렇지 않으면 오래 날 수 없다. 오래 향을 뿜을 수 없다.

다른 건 몰라도 돈에 대한 냄새는 길모에 못지않은 천 회장이었다. 제아무리 신묘한 관상왕이라고 해도 허튼 일에는 투자하지 않는 게 그의 철칙. 곰곰 짚어 보니 길모가 나래를 펼 시기는 맞았다. 나름 조사해 본 결과 고객들의 면면도 튼실했다. 그러니 지금이야말로 투자 타이밍이었다.

'내 생애 가장 흥미로운 투자가 되겠어.'

천 회장은 벽으로 가서 약술 병을 꺼내 들었다. 혼자라도 건배해야 할 것 같은 거래였다.

"와아!"

홍길모 사단, 장호의 문자를 받고 달려와 환호성부터 질렀다. 홍연과 유나, 승아 등은 길모에게 달라붙어 깡총거리며 떨어지지 않았다. 다들 자기 일처럼 좋아하는 그녀들이었다.

[어, 사람 차별하네? 나도 좀 안아주면 안 되나?]

옆에 있던 장호가 질투를 날렸다.

"야, 너도 길모 오빠만큼 해봐. 내가 업고라도 다닐 테니까."

유나가 새침하게 말했다.

[야, 형 보조하는 것도 일이야. 누군 먹고 논 줄 알아?]

"어이구, 그랬어? 누나가 뽀뽀라도 해줄까?"

유나가 입술을 디밀었다.

[아, 진짜… 누가 뽀뽀한대? 입술은 들입다 빨간색으로 칠해
가지고 말이야.]

"얘 좀 봐. 손님들은 내 입술 한 번 훔치고 싶어서 난리부르스
인데 짜증을 발사하네?"

"야, 너희들, 사실은 서로 좋아하나 본데 방 하나 잡아줄까?"

이번에는 홍연이 제대로 염장을 지르며 나왔다.

[얼라리? 유나하고 장호하고?]

승아도 맞장구를 친다.

[아, 진짜 왜들 그래? 난 그냥 정에 고픈 거뿐이라고.]

[알았어. 그럼 내가 안아줄게.]

장호가 몸서리를 치자 승아가 그 허리를 당겨 안았다.

"승아야, 그 애기 뽀뽀라도 한 번 해줘라. 잘하면 울겠다."

홍연은 그 틈에도 장호를 놀려먹었다.

[형, 맥주나 좀 시켜줘요. 술이라도 마셔야겠어요.]

살짝 빡이 돌은 장호가 수화를 흔들었다.

"건배!"

건배사는 홍연이 외쳤다. 두 테이블을 붙여 만든 호프집 안. 졸지에 미녀들이 넘치자 여기저기서 남자들의 곁눈질이 날아왔다.

"그래서 정말 부장님이 카날리아 인수하게 되는 거예요?"

겨우 한 모금을 넘긴 혜수가 물었다.

"졸지에 그렇게 됐다."

"아우, 그럼 이제 우리가 명실 공히 메인 팀이네."

유나의 목소리에 힘이 들어갔다.

메인 팀!

여기에는 사연이 있었다. 원래 메인 팀은 방 사장 직속으로 활동했다. 그러다 서 부장이 오면서 그 팀은 흐지부지되었다. 대신 서 부장의 박스가 메인 팀처럼 부각되었다. 서 부장이 제일 잘나갔기 때문이었다.

그러다 상황이 바뀌었다. 길모 팀이 매상 톱에 오른 것이다. 이렇게 되면 메인 팀의 인식 역시 길모네에게로 옮겨와야 했다.

하지만 길모 박스는 가장 늦게 자리를 잡았다. 부장 중에도 가장 어리고 아가씨들도 유흥가 짬밥그릇 수가 작았다.

그런 까닭에 메인 팀의 권리는 여전히 서 부장의 박스가 누리고 있었던 것이다.

"완전 전화위복이네. 자칫하면 문 닫나 했는데 카날리아가 우리 차지가 되다니……."

홍연도 들뜬 목소리를 쏟아냈다.

"우리는 아니고 길모 오빠!"

유나가 끼어들었다.

"아니야. 홍연이 말이 맞다. 내가 아니고 우리야."

길모가 바로 정정해 주었다.

"오빠……."

놀란 유나의 눈이 길모에게 향했다.

"전에도 말했잖아? 내가 너희들 책임진다고. 가게가 우리 게 되면 책임감도 늘어나겠지만 합심해서 더 잘해보자. 크게 놀면 각자의 목표를 이루는 것도 가까워질 테니까."

"진짜?"

유나의 눈에 눈물이 그렁거리기 시작했다. 그 옆의 승아는 두 손을 모은 채 파르르 떨기까지 한다. 다들 가슴 졸이며 결과를 기다렸을 그녀들. 그런 차에 화가 변하여 복이 되었으니 감격하는 것도 무리가 아니었다.

"그럼 건물을 다 룸으로 꾸밀 건가요?"

주목하던 혜수가 물었다.

"그건 아직 생각해 보지 않았어. 일단 추이를 봐서 한 층 정도 늘릴까 생각 중이고 나머지는 지금처럼 임대를 놓든가 아니면 일부는 직원들 휴게 장소로 쓸까 고려 중이야."

"그보다 이런 건 어때요? 손님들 휴게 장소."

혜수가 의견 하나를 개진했다.

"손님들 휴게 장소?"

"여기 출근하면서 보니까 일부 손님들은 술 마시다 늦으면 찜질방 같은 데 가서 자거나 아니면 새벽부터 회사로 출근해서 소파 같은 데서 대충 자고 근무하나 보더라고요. 집이 먼 사람은 왔다 갔다 시간을 다 버리기 때문이죠."

"어, 그런 손님들 더러 있지."

"일본의 비즈니스호텔들처럼 딱 침대 하나만 들여놓고 간단한 샤워장만 마련하면 어때요? 그래서 시간을 놓친 단골손님들에게 몇 시간 눈 붙일 곳을 제공하면……."

나쁘지 않은 제안이었다.

"고려해 볼게."

[뭐가 고려예요? 이제 형 마음인데 확 결정하면 되지.]

장호가 수화를 그리며 맥주잔을 집어 들었다. 하지만 마시지는 못했다. 길모가 잔을 뺏어버린 것이다.

[왜요?]

"운전해야지."

술은 길모가 대신해서 시원하게 들이켰다.

[또 어디 가게요?]

아주 울상이 되어 길모를 바라보는 장호.

"방 사장님한테 통보해야지. 한시 바삐 영업정지를 풀어야 하잖아?"

[으악, 맥주 한 잔 마실 자유도 없구나.]

[내 거 한 모금만 마셔. 그 정도는 괜찮을 거야.]

승아가 자기 잔을 내밀었다.

[고마워. 역시 너밖에 없다.]

장호는 얼른 잔을 받아들고 꿀꺽꿀꺽 몇 모금을 쏟아 부었다.

"너무 서두르지 말고 꼼꼼히 하세요. 도울 게 있으면 언제든지 우리한테 얘기하고요."

간단하게 축배를 들고 나온 후에 혜수가 말했다.

"땡큐! 너희도 이제 걱정 말고 왕자님 맞이할 꽃단장이나 제대로 해라."

"네. 혹시 알 아미이라 될지 몰라서 로사 씨에게 특별히 부탁하고 있어요."

유나가 대답했다.

[알 아미이라?]

장호가 수화로 물었다.

"공주라는 아랍어다. 너도 공부 좀 해라."

[쳇, 내가 아랍어를 수화로 그려대면 왕자님 머리에 쓰나미 좀 밀려올걸?]

"응? 그건 그러네?"

기세를 올리던 유나가 고개를 갸웃거렸다. 덕분에 길모 사단은 또 한 번 웃음바다를 이루었다.

"이거⋯⋯."

헤어지기 전에 혜수가 봉투 하나를 건네 왔다. 열어보니 사우디아라비아의 알짜 정보를 추가해 압축한 것이었다.

이미 중국에서 쏠쏠한 재미를 본 길모는 늘 반가운 마음으로 자료를 받았다. 제일 먼저 시선을 차고 들어온 건 '왕세제'라는 단어였다.

'이게 뭐야? 왕세자도 아니고… 오타인가?'

…싶었지만 오타가 아니었다. 사우디아라비아는 왕조 국가. 그런데 독특하게도 왕위의 형제 상속이었다. 그래서 왕세제라는 생소한 단어가 나온 것이다.

혜수의 자료는 확실히 퀄리티가 달랐다. 사우디아라비아의 왕가와 왕자들에 대한 정보는 간결하면서도 유용했다. 딱 엑기스만 추린 보약, 바로 그것이었다.

'사우디아라비아는 일부다처제. 하지만 부인은 네 명까지.'

길모는 뿌듯한 마음으로 자료를 덮었다.

"성공했다고?"

병실 안, 링거를 바꿔달던 방 사장이 상체를 벌떡 일으켰다.

"어머, 움직이면 안 돼요."

놀란 간호사가 소리쳤다.

"아가씨, 지금 그게 문제가 아니야. 우리 홍 부장이 성공했다 잖아?"

방 사장은 개의치 않았다. 링거 선 하나에 눈 깜짝할 그가 아니었다.

"아가씨라뇨? 간호사 선생님이라고 불러주세요."

기분이 상한 간호사가 눈을 부릅떴지만 방 사장은 상대도 하지 않았다. 그깟 호칭 따위에 휘둘릴 방 사장이던가?

"건물주가 제게 건물을 넘기기로 약속했습니다."

"지금은?"

"그건 천 회장님이 투자하기로……."

"어이쿠, 역시 홍길모로구나."

방 사장은 길모의 손을 덥석 잡았다.

"사장님……."

"세상에 영원한 거 있다더냐? 나도 그 가게 우연찮게 인수했다. 그러니 이제 카날리아는 네 거다. 아니지. 이름이 마음에 안 들면 바꿔도 상관없다."

"이름에 불만 없습니다."

"도장은 언제 찍기로 했냐?"

"말난 김에 내일 당장 할 생각입니다. 그래야 왕자님 맞을 준비도 할 수 있을 테고……."

"서 부장은? 뭐라고 않든?"

"사장님 연락받았다면서… 계약만 성사하면 도와주시겠다고 했습니다."

"됐다. 서 부장만 잡으면 나머지 강 부장과 이 부장도 눌러 앉을 거야. 이 부장이 좀 까탈스럽기는 하지만 그 친구들도 내가 눌러앉혀 놓으마."

"그보다 우선 영업정지를 푸는 게……."

"너만 급한 거 아니다. 그렇잖아도 아까 TPT 그룹 비서실에서 전화가 왔었다."

"네?"

"아직 영업정지 먹은 건 모르는 모양이다. 어쨌든 사우디 왕자를 영접하는 게 중요하니까 그 안에 마무리 지어놓으면 돼. 그렇지?"

"예……."

"계약하면 바로 사본 하나 찍어서 보내라. 내가 구청 라인 총동원해서라도 영업정지 풀어놓을 테니까. 새끼들 지금까지 투자한 게 얼마인데 쌩까지는 않겠지."

"알겠습니다."

"홍길모!"

"예?"

"잘했다. 사실 내심 걱정 반 기대 반 이었는데……."

"죽기 살기로 했습니다."

"그래. 네 덕분에 산 것 같다."

"……."

"넌 잘할 거다. 처음에는 언젠가 서 부장이 가게를 인수하지 않을까 했는데 그 생각이 바뀌었지. 내 생각보다 조금 빨리 온 것 같긴 하다만, 인생에 있어 뭐든 예고하고 오는 사고는 없으니까."

"사장님도 몸이나 빨리 나으십시오."

"그래야지. 나 너한테 가게 넘겨도 사우디아라비아 왕자 접대하는 건 볼 거다. 그건 막지 마라."

"당연하죠. 고급 차하고 술 준비도 해주셔야 하잖아요."

"그건 걱정 마라. 다 얘기 끝났으니까."

"그럼 푹 쉬세요. 도장 찍으면 바로 연락드리겠습니다."

"그래. 조심히 가고."

방 사장과의 이야기는 그렇게 끝났다. 길모가 성공하자 방 사장의 얼굴빛도 조금 좋아진 것 같았다. 그로서도 완전 파산으로 이어질 절망의 나락에서 살짝 벗어난 일이었다.

날이 새기 무섭게 길모는 건물주의 사무실로 달려갔다. 건물주 권사는 두말없이 도장을 찍었다.

쿡!

붉은 인주가 선명하게 찍힘으로써 놀라운 일이 벌어졌다. 종이에 찍힌 두 개의 도장. 그로 말미암아 버젓한 건물이 길모의 소유가 된 것이다. `

[형!]

장호가 두 팔을 벌렸다. 길모는 기꺼이 장호를 받아 안았다. 비록 빌린 돈이었지만 길모가 카날리아 빌딩의 주인인 것은 명백했다.

[축하해요. 사장님!]

"자식, 사장은… 아무튼 고맙다."

[방 사장님이 계약서 보내달랬죠? 제가 사진 찍어서 보낼게요.]

보이지 않을 정도로 바삐 수화를 그린 장호가 계약서를 거푸 찍어댔다. 이어 문자를 찍는 동안에 길모는 계약서를 바라보았다.

매매계약서!

홍길모!

두 줄이 또렷하게 치고 들어왔다. 어머니가, 그리고 아버지가 그 두 줄 위에서 웃는 모습이 보였다. 웃기만 하는 게 아니라 춤까지 추고 있다. 불알 두 쪽 달린 길모를 남겨두고 영면에 든 두 사람. 그 눈이 제대로 감겼을 리가 없었다.

어머니 아버지 모습 위로 또 한 사람이 겹쳐왔다.

윤호영!

이 세상의 빛을 부모가 주었다면 삶의 의미를 붙여준 건 윤호영. 길모는 뜨거움이 치밀어 오르는 마음을 억누르며 나지막이 중얼거렸다.

'고맙다. 미치도록!'

진심으로 진심이었다.

제5장

왕자 알 야세르

"따라라!"

그날 저녁, 한 횟집에서 방 사장이 길모에게 소주잔을 내밀었다. 놀란 길모가 서 부장을 바라보았다.

"따라드려. 사장님 성격 알잖아?"

"어이, 서 부장!"

듣고 있던 방 사장이 바로 태클을 걸고 나왔다.

"네?"

"이젠 길모가 사장이야!"

"아, 예……."

"자네들도 명심해."

방 사장의 묵직한 시선이 강 부장과 이 부장에게 건너갔다.

"흠흠!"

이 부장은 다소 못마땅한 표정이었다. 강북 3대 천황 중에서 가장 막내. 하지만 길모보다 웨이터 짬밥이 많았으니 그럴 만도 했다.

"나 알지? 나 방규태야. 줄 땐 화끈하게 주고 밟은 때는 처절하게 밟는 인간."

방 사장이 후끈 위엄을 뿜어내며 말을 이어갔다.

"솔직히 길모가 사장이 된 거 살짝 기분 나쁠 수도 있어. 하지만 너희들 전부 프로페셔널이니까 잘 알겠지. 이번에 길모 아니었으면 카날리아 폐쇄였어."

"……"

"물론 너희들 능력이면 다른 가게로 옮겨갈 수도 있겠지. 하지만 이 바닥 잘 알지? 가게 옮기고 새로운 단골로 자리 잡으려면 만만치 않다는 거."

"……"

"게다가 지금 전국적으로 룸싸롱 불황이야. 솔직히 여기서 움직이며 서로 쌍코피 터진다."

"저희도 잘 알고 있습니다. 사장님 모시듯 홍 사장님 모실 테니까 너무 염려 마십시오."

방 사장의 의중을 알아챈 서 부장이 총대를 메고 나섰다.

"다른 건 몰라도 혹시라도 길모가 어리다고 맛보기로 나가면 그냥 안 넘어간다. 내가 비록 건강이 안 좋다니 물러나긴 하지만 카날리아 고문으로 계속 활동할 거니까 그런 줄 알아라. 길모 부탁이기도 하고."

"……."

"솔직히 나이가 무슨 상관이야? 나도 한때는 29살 먹은 놈한테 허리 조아리며 기반 다진 적 있는 거 알지?"

"예……."

이 부장의 입에서 작은 목소리가 새어 나왔다. 이 부장이 방 사장과 같이 일한 게 그때였기 때문이었다.

"내가 물장수 관록으로 보건대 너희들 막판에 땡 잡은 거다. 솔직히 길모가 관상으로 손님 끌지 않았으면 카날리아도 매상 3할은 날아갔을 거다. 그건 인정해야 할 거야."

"……."

"내 얘기는 여기까지다. 그래봤자 변한 건 아무것도 없어. 어쩌면 잘된 일이지. 이제 건물주 놈이 변덕부릴 거 걱정 안 해도 될 테고……."

"그런데 사장님……."

듣고 있던 서 부장이 나섰다.

"말해."

"영업정지는 어떻게 된 겁니까?"

"뭘 어떻게 해? 과징금 두 배로 받는 걸로 하고 퉁 쳤지."

"그럼 사장님 부담이……."

"괜찮아. 곧 길모가 귀빈을 모실 건데 그거 파투나면 수백억 물어줄 판이었어."

"귀빈요?"

이 부장의 눈이 반짝거리기 시작했다. 이런 촉에 있어서는 타의추종을 불허하는 사람이었다.

"TPT 회장님이 사장단이라도 모시고 오는 겁니까?"

바로 질문에 나서는 이 부장.

"비슷해. 아무튼 그렇게들 알고 길모가 바라는 대로 협조들 해주도록."

"그건 염려 마십시오. 이제 저희 사장님이니까……."

서 부장이 웃었다.

"형님도… 사장은 무슨……. 저도 정든 자리 안 밀려나려고 뛰다보니 얼떨결에 된 거라……."

아무래도 자리가 어색한 길모가 뒷목을 벅벅 긁어댔다.

"걱정 말고 하던 대로만 해라. 우리야 돈 되는 일이면 갓 스물 먹은 귀공자에게도 굽신거리는 게 일인데 뭐. 안 그래들?"

서 부장이 강 부장과 이 부장을 바라보며 동의를 구했다.

"그, 그럼요. 홍 부장 수고했어. 내 술 한 잔 받아."

강 부장은 소주병을 들고 길모를 바라보았다.

"야, 내 잔은 잔 아니냐? 아까부터 들고 있는데… 이것들이 정말!"

손이 부끄러운지 방 사장이 짜증 아닌 짜증을 작렬시켰다.

"사장님은 환자시면서……."

"야, 다 나았어. 그리고 원래 술이 약인 거 모르냐? 마시면 혈액 순환 잘되잖아?"

"아, 진짜… 자칫하면 죽을 뻔했다고도 하던데……."

"까지 말고 따라라. 회 안주 두고 소주 한 잔도 못 마실 바에야 내가 뭣 하러 살겠냐?"

결국 방 사장은 소주를 받아 들고 말았다.

"세대교체다. 늙다구리 닮지 말고 한 번 시원하게 돈 벌어봐라."

방 사장이 잔을 들어 올렸다.

"자, 떠나는 사장님과 새로 오는 사장님을 위하여 건배!"

서 부장이 건배사를 외쳤다.

"건배!"

소주잔 부딪치는 소리와 함께 건배음이 울려 퍼졌다. 길모의 취임(?)은 이렇게 기정사실화가 되었다. 이제는 오로지 사우디아라비아 왕자를 맞을 준비만 하면 되었다.

마침내 디데이의 날이 밝아왔다.

청소!

정리!

아가씨 확인!

주류창고 확인!

명품 식재료 확인!

오죽하면 창틀과 화분 화초의 잎사귀까지 확인을 거듭했다. 먼지 하나라도 흠이 될까 싶었던 것이다.

송로버섯과 산삼은 사실 비주얼이 별로였다. 수천만 원어치씩 확보했지만 사기를 당한 건 아닌가 싶을 정도로 별볼일이 없었다. 중국산 차도 입고가 되었다. 방 사장이 병실에서 밤을 새워가며 닦달한 덕분이었다.

연락은 아침부터 왔다. TPT의 비서실장이었다.

─준비는 끝났습니까?

"예!"

─현재 예정 방문 시간은 오후 9시 반입니다. 혹시 변동이 생기면 다시 연락드리겠습니다.

"왕자께서 한국에 도착하신 겁니까?"

길모가 물었다. 어제부터 검색을 해보지만 관련 기사가 보이지 않은 것이다.

─아침에 전용기 편으로 들어왔습니다. 아마 오후부터 각 매체에 관련 기사가 나갈 겁니다. 그래도 여전히 사전사후 보안을 유지해 주셔야 합니다.

"아, 예……."

─그럼 수고해 주세요.

비서실장의 전화가 끊겼다.

"부장님!"

얼마 후에 혜수와 홍연이 카날리아의 문을 열고 들어섰다.

"의상은?"

"특제로 맞춰왔어요."

홍연이 차도르 의상이 담긴 쇼핑백을 흔들었다. 혹시라도 왕자가 원하면 룸에 들어가는 아가씨들에게 입힐 생각이었다.

[형, 음식 재료도 남은 것도 전부 입고됐어요.]

주방 점검을 마친 장호가 달려와 수화를 그렸다. 과일과 기타 식품 구매는 김대욱의 도움을 받았다. 그는 과연 귀신이었다. 그가 구해온 재료를 맛본 주방 이모는 벌어진 입을 다물지 못했다.

"세상에나, 때깔은 별로인데 맛 수준이 달라요. 이런 걸 어떻게 골랐대."

길모는 흐뭇했다. 맛 좋은 음식 재료를 구해줘서가 아니었다. 그도 이제는 어엿한 사업가. 평소 찍어둔 노숙자 10여 명을 데리고 부단히 자활을 꿈꾸던 차였다. 그럼에도 불구하고 길모가 전화를 걸자 만사를 제치고 협조를 해주었다. 그게 길모를 뿌듯하게 만들었다.

마지막으로 하루 초빙한 아랍요리 전문가가 할랄 의식하에 도살된 고기 재료를 가지고 출장을 와줌으로써 주방은 완전히 스탠바이에 돌입했다.

길모는 혜수의 도움으로 외워둔 아랍어 인사를 떠올렸다.

마르하반!

앗살라무 알라이쿰!

'안녕하세요'와 '당신에게 평화가 있기를'이라는 말이다. 특히 앗살라무 알라이쿰으로 인사를 많이 한다고 한다. 인사법도 다르다. 뺨과 뺨을 짝수로 비비고 왼손으로 상대의 팔을 잡고 오른손으로 악수를 나눈다. 거기에 인샬라를 떠올렸다. 알라의 뜻대로라는 뜻이다.

식사를 할 때는 비스말라.

식사를 하고는 알함두릴라라고 한다. 앞의 뜻은 '알라의 이름으로'이고 뒤의 것은 '알라께 찬미를'이라는 뜻이었다.

더는 배우지 않았다. 공연히 서툰 말로 실수하느니 한마디라도 제대로 익혀서 예의를 갖춰주는 게 좋을 것 같았다.

오후 5시.

방 사장이 부장들을 이끌고 들어섰다. 퇴원이 아니었다. 역사적인 순간이다 보니 과감하게 나이롱 환자의 길에 접어든 그였다.

"야, 홍 부장!"

길모가 1번 룸을 체크하고 있을 때 이 부장이 들어왔다.

"오셨습니까?"

"이제 그만 공개해라. 대체 누가 오는 거냐?"

"예?"

"왜? 사장 됐다고 가오 잡는 거냐? 손님이 온다면서 누군 줄은 알아야 할 거 아냐? 설마하니 저 북쪽의 젊은 친구가 오는 건 아닐 테고…….”

이 부장, 소외감을 느끼는 모양이었다. 더는 숨기기 곤란한 상황이 되고 말았다.

“사실은… TPT 그룹에서 중동 쪽 바이어를 모시는 모양입니다. 그런데 그게 보안을 유지해야 하는 사안이라 신신당부를 해서 부득이…….”

“바이어? 아니 겨우 바이어를 가지고 룸 전체를 전세냈단 말이야?”

“그게…….”

“아, 난 또 중국 총리 정도는 오는 줄 알았네. 그럼 다른 룸은 그냥 정상적으로 돌려도 되잖아?”

“그건 곤란합니다. 그쪽 요청도 있고 이미 계약을 한 마당이라…….”

“몇 시에 오는데?”

“일단 9시경이라고…….”

“그럼 우린 할 일도 없는데 부른 거야? 들러리나 서라고?”

“할 일이 없다뇨? 제가 뭘 압니까? 형님이 도와주셔야죠.”

“그거야 립서비스지. 에이…….”

이 부장은 냉소를 뿜고 나가 버렸다.

[이 부장님 왜 저래요?]

장호가 들어와 물었다.

“글쎄… 누가 오냐고 묻는데 아직 말하기도 그렇고…….”

[내가 그럴 줄 알았어요.]

"신경 끄자. 시간이 지나면 자연히 알게 될 일."

[자신 있죠?]

"나 쫀 거 같으냐?"

[그런 건 아니지만 긴장감은 엿보여요.]

"중국보다는 낫겠지."

길모가 웃었다.

[하긴 거기서 관상 배틀할 때는 눈을 걸라고 했다면서요?]

"소천락 그분… 농담 아니었다."

[어휴, 생각만 해도 닭살 돋아요. 사우디아라비아 왕자님은 아랍 관상쟁이 데리고 오는 거 아니겠죠?]

"죽을래?"

[헤헷, 조크예요.]

"아가씨들은?"

[거의 다 왔어요.]

"윤표 연락했냐?"

[예!]

"오면 정신 바짝 차리고 일하라고 해라. 혹시라도 취객들이 들어오려고 찍자 붙으면 낭패니까."

[걱정 마세요. 그 자식이 얼마나 눈치가 빠삭한데요.]

"장호야!"

[예?]

"잘해보자."

길모가 손을 내밀었다. 그 의도를 알고 있는 장호는 손바닥이 터져라 하이파이브를 날렸다.

짝!

소리가 경쾌하게 룸을 울렸다.

여덟 시!

TPT 그룹 비서실 직원 넷이 선발대로 도착했다. 그들은 주차장을 위시해 각 룸을 모조리 체크했다. 흡사 국가원수 영접을 방불케 하는 장면이었다.

"양해해 주십시오. 이게 워낙 중대한 일이라……."

책임자는 앞서 길모에게 양해를 구했다.

"괜찮습니다. 미비한 게 있으면 말씀해 주십시오."

길모는 개의치 않았다. 일국의 왕자. 더구나 사우디아라비아의 실세 왕자라면 그만한 준비를 해도 과하지 않을 판이었다.

다음으로 왕자의 경호팀이 도착했다. 그들은 TPT 그룹이 한 것과 똑같은 점검을 연출했다. 아니, 오히려 더 열심이었다.

아홉 시!

길모의 전화기가 울렸다. 비서실장이었다.

─방금 모처에서 회의를 마치고 출발했는데 20여 분 늦어질 예정입니다.

"아, 네……."

―우리 직원들 와 있죠?

"예."

―필요한 게 있으면 지원 요청하십시오. 이제부터 끝날 때까지는 우리는 한 팀입니다.

한 팀!

그 말이 길모의 책임감을 치고 올라왔다. 맞는 말이었다. 길모의 성공은 곧 TPT의 성공. 그러니 긴밀한 협조하에 왕자의 호기심을 만족시켜 줘야 했다.

'아랍인……'

길모는 혼자 1번 룸 안에 좌정을 했다. 테이블에는 여러 아랍인 사진이 가득했다. 길모는 그 사진을 보며 바둑을 복기하듯 차이점을 복습해 나갔다. 이미 사우디아라비아 커플들에게 검정을 끝낸 관상. 하지만 연습은 많을수록 좋았다.

미릉골!

눈썹!

눈!

그리고 코와 턱!

이목구비가 다른 외국 사람……

길모는 눈을 감았다. 눈 감은 세상 안으로 호영이 떠올랐다.

'호영……'

말해다오.

너는 이미 알고 있었지? 이 모든 것들…….

모상길은 말했다.

사통팔달.

그 이상은 군말을 달지 않았다. 하긴 군말도 필요 없었다. 관상가는 오직 눈으로 말할 뿐. 그러니 길은 오직 하나였다. 그게 중동인이든 아프리카인이든.

디로롱동동!

조용한 적막을 깨고 길모의 핸드폰이 울었다. 밖에 대기 중인 비서실 책임자의 번호였다.

'왔군!'

길모는 촉수가 본능적으로 반응했다.

"형님, 아가씨들 대기 좀 부탁합니다."

복도로 나온 길모가 서 부장에게 말했다.

"왔냐?"

방 사장이 그 뒤에서 물었다.

"그런 모양입니다."

"야야, 다들 긴장해라. 귀빈이 오셨단다."

길모는 장호와 함께 계단 쪽으로 향했다. 대기실 앞에서 주먹을 불끈 쥐며 격려하는 혜수의 모습을 되새기면서.

끼익!

여섯 대가 줄지어 온 세단 무리가 멈췄다. 비서실 직원들은 용케도 회장과 왕자의 차를 알아차리고 그 문을 먼저 열었다.

송광용은 전무와 함께 내렸다. 길모가 묵례를 하자 가볍게 손을 들어 화답했다. 그리고⋯⋯.

사우디아라비아 왕자 알 야세르가 차에서 내렸다.

"⋯⋯!"

왕자의 얼굴이 드러나는 순간, 길모의 가슴에 격랑의 파도가 휘몰아쳤다. 사우디아라비아의 왕자 알 야세르. 그는 흑인에 가까울 정도로 까무잡잡한 얼굴이었다.

길모는 보았다. 장호의 입술이 속된 모양으로 일그러지는 걸.

쉿!

길모의 입에서도 그 말이 소리 없이 새어 나왔다.

최악이었다.

이렇게 거무튀튀할 줄은 몰랐다. 뒤통수가 찌근 아파왔다. 인터넷에 떠도는 왕자들 사진과도 차이가 심했기 때문이었다.

하지만 이미 닥친 일. 왕자는 한두 명이 아니었으니 특별히 억울할 것도 없었다.

사우디아라비아의 왕자 알 야세르. 그가 마침내 카날리아의 땅을 밟았다. 처음에는 가벼운 인사 정도를 나눈 기회도 주어지지 않았다. TPT 비서실 직원들의 눈짓을 받은 길모는 늘 하던 대로 영접을 시작했다.

손님이다.

손님으로 모시면 될 뿐이었다.

1번 룸.

모두 7명이 입장했다. 송광용 회장과 전무이사, 야세르 왕자와 최측근으로 보이는 세 명, 그리고 송 회장이 붙인 통역이 전부였다. 왕자의 다른 수행원 일부는 2번 룸으로 입실했다. 당연히 TPT 그룹의 영접자 세 명이 붙었고 나머지 몇 명과 경호원들은 3번 룸으로 입실했다. 다만 계단 입구에 두 명이 따로 남았다. 경호와 보안을 위한 최소한의 조치로 보였다.

"홍 부장!"

길모가 복도에서 숨을 고르자 방 사장이 어깨를 툭 치며 다가왔다.

"사장님……."

"더도 말고 한 10억만 올려봐라. 이제 내 가게도 아니지만 역사 한 번 써보자."

10억!

상대는 사우디아라비아의 왕자. 알고 보니 잠룡으로, 여태 부침하다 최근 들어 그 능력을 인정받으며 무섭게 부각되는 능력자 중 하나였다. 술을 안 마시는 게 단점이긴 하지만 고가의 차와 명품 재료를 준비했으니 10억 매상이 불가능한 것도 아니었다. 하지만 길모의 뇌리를 지배하는 건 매상이 아니었다.

관상!

대한민국 관상왕의 1번 룸으로 납셔주신 타국의 왕자. 더구나 까무잡잡한 피부를 가진 사람. 그가 가진 관상 호기심을 어떻게 충족하느냐가 중요할 뿐이었다.

"장호야!"

길모는 숨을 고르고 장호를 바라보았다.

[준비 끝났어요.]

"그럼 들어가 볼까?"

[네.]

장호의 수화와 함께 길모는 서 부장과 강 부장을 바라보았다. 그들은 2번 룸과 3번 룸의 접대를 책임지기로 되어 있었다.

딸깍!

마침내 홍길모, 관상왕의 손이 1번 룸의 손잡이를 당겼다.

"……!"

길모가 들어서자 시선이 한꺼번에 쏠려왔다. 길모는 가벼운 묵례로 인사를 대신했다.

"왕자님, 이 친구가 바로 제 목숨을 살린 관상왕 홍 부장입니다."

송 회장이 설명하자 통역이 뒤를 이었다.

"앗쌀라무 알라이쿰."

왕자가 손을 내밀었다.

"앗쌀라무 알라이쿰!"

길모 역시 배워둔 인사말을 전하며 공손히 악수에 응했다.

"분위기는 마음에 든다고 하시네. 그러니……."

송 회장이 웃으며 뒷말을 이었다.

"원래 하시던 대로 진행하시게. 이런 문화를 접하는 것도 재미날 것 같다고 하시니……."

"그런데……."

"질문 있으면 하시게나."

"아가씨들 말입니다. 히잡 같은 걸 둘러야 할까요?"

"아, 히잡!"

송 회장이 멈칫하는 사이에 전무가 설명을 이어갔다.

"그것도 상관없다고 하셨네. 그냥 여기 방식대로 하시게나."

왕자, 보기보다 개방적이다. 로마에 왔으니 로마법에 따르는 것이다.

"알겠습니다. 그럼 잠시만……."

길모는 장호와 함께 인사를 남기고 복도로 나왔다.

"야, 오더 뭐 떨어졌냐?"

방 사장이 다가와 물었다. 서 부장과 강 부장, 이 부장도 궁금한 눈치였다.

"아직… 일단 초이스부터 시키려고요."

"왕자님이 초이스도 한대냐?"

이 부장이 거품을 물었다. 귀빈이 누군 줄 모르던 그. 이제 그 실체를 알았으니 구미가 팍 당기는 모양이었다.

"딱히 하신다는 건 아니지만 여기 하던 대로 해도 된다고 하셔서……."

"홍 부장, 나 좀 보자."

이 부장은 다짜고짜 길모의 팔을 잡아끌었다.

"지금 바쁩니다만……."

"야, 누가 모르냐? 그나저나 너 섭섭하다. 나 다른 데서 스카우트 제의 왔어도 네 얼굴 봐서 남아준 건데……."

이 부장의 생색이 작렬했다.

"그건 정말 고맙습니다."

"왕자면 왕자라고 말을 하지 말이야."

"그건 저도 뒤늦게야 통보를 받아서……."

"아무튼 섹시 콘셉트로 가라."

"예?"

"섹시 콘셉트 말이야. 애들 쫙 벗겨서 들여보내라고. 아찔한 시스루룩이나 비키니로 말이야."

"부장님. 저분들은 이슬람……."

"야, 이슬람은 뭐 인간 아니냐? 이게 바로 인류 시작부터 있어온 본능공략법이다."

"본능공략법이라고요?"

"쟤들 어떠냐? 어릴 때부터 여자들이라고는 죄다 둘둘 말고 다니는 애들만 보며 살았잖냐? 솔직히 수컷들 본성이야 세계 공통, 아니 우주 공통이지. 쫙 벗은 애들 싫다고 할 수컷이 어디 있냐고? 여기는 아랍이 아니잖아?"

"그렇지만……."

"내 말대로 해라. 번거롭게 애들 다 넣지 말고 선아하고 은서, 지영이, 창해, 그리고 네 에이스 두 명만 골라서 투입해라. 원피스 수영복이나 비키니 차림으로 시원깔삼하게 말이야. 그래도 안 통하면 에스라인 애들 몇 명 투입해서 댄싱을 가장한 스트립 쇼로 가보자. 그럼 오줌 질질 싸면서 매상 꽉꽉 올리고 갈 테니까."

"부장님……."

"아니지. 또 모르지. 쓰리썸으로 2차 가겠다고 은근 오더 던질지. 다른 애는 몰라도 창해 찜하면 내가 설득한다. 하룻밤만 굴러주면 돈이 수십억 생길 판이잖아?"

"제가 모르던 아이디어로군요. 고려해 보겠습니다."

길모는 정색하지 않았다. 성질 급한 이 부장, 사우디아라비아 왕자를 보더니 눈이 멀었지만 그렇다고 대놓고 면박을 줄 일은 아니었다.

"야, 정신 바짝 차려라. 이럴 때 한 번 왕창 벗겨먹어야지 기회라는 게 날마다 오는 게 아니야."

이 부장의 끈적한 미련을 받으며 돌아서던 길모는 뭔가 꺼림칙한 상(相)이 스쳐 가는 게 느껴졌다. 이 부장의 얼굴에서 불길한 면이 엿보인 것이다.

'돈에 눈이 멀어 그럴 수도……'

바빴다.

당장 관상을 확인할 여유 따위가 없었다.

비키니 복장!

스트립 쇼!

천박한 발상이다. 그래도 길모는 이 부장을 탓하지 않았다.

솔직히 룸싸롱식으로 보면 아주 나쁜 생각은 아니었다. 실제로 저속한 룸싸롱에서 빈번히 일어나는 일이기도 하다.

성성하고 쭉 빠진 20대 초반의 아가씨들. 그들 원피스 수영복을 입고 볼륨을 적나라하게 드러낸 채 입실한 모습을 상상해 보라. 술 한잔 마시고 2차나 3차를 납신 졸부들이라면 눈알을 뒤집을 일이다.

그걸 떡밥으로 삼아 쏠쏠하게 매상을 올리는 동네도 있다. 웨이터들도 있다. 하지만 길모는 고려치 않았다. 양아치 건달들이 로또에 맞아 수십억을 싸들고 왔다면 적합한 접대법일 수도 있었다.

그러나 상대는 사우디아라비아의 떠오르는 왕자. 더구나 그를 모시고 온 사람이 누군가? 대한민국 최고 재벌 중의 하나로 꼽히는 송광용 회장이었다. 그러니 오늘 장사하고 내일 문 닫을 게 아니라면 소탐대실에 다름 아니었다.

[형!]

왕자의 이름을 알게 된 장호가 자료화면을 들이밀었다. 다른 건 눈에 들어오지 않았다. 길모의 눈을 자극한 건 왕자들의 재산. 실세 왕자들은 자신조차도 재산이 정확히 얼마인지 모른다는 정보가 나왔다. 더 흥미로운 건 재산의 증식. 날마다 늘어나는 이자만 해도 천문학적이라는 사실……

'푸헐!'

온몸이 저절로 흔들렸다.

[부럽죠?]

장호가 물었다.

"아니!"

[에? 안 부러워요? 대대손손 놀고먹으면서 써도 다 못 쓸 돈이라는데?]

"그것만 보이냐? 그런 왕자님이지만 돈 더 벌려고 우리나라까지 온 건 안 보이고?"

[어? 진짜 그러네?]

길모의 말을 들은 장호가 뒷목을 긁었다. 그게 팩트다. 진짜 부자는 놀고먹지 않는다. 오히려 더 큰 노력을 기울인다. 그들에게 있어 돈은 그리 중요한 게 아니었다. 그들에게 중요한 건 성취다. 성공하거나 성취함으로써 느끼는 짜릿한 보람…….

딸깍!

대기실 문은 장호가 열었다. 길모가 들어서자 30여 아가씨들이 벼락처럼 긴장하는 게 보였다.

왕자!

TPT 그룹 회장!

둘 중 하나만 해도 들어가고 싶은 룸일진대 두 사람이 함께 있는 사상 초유의 기회. 어쩌면 말로만 듣던 백지수표 팁이 나올지도 모를 자리였다.

길모는 아가씨들을 바라보았다. 에이스들은 나름 여유가 있었다. 그 어떤 초이스를 시도하더라도 에이스가 꿀릴 리는 없기 때문이었다.

혜수와 홍연도 그랬다. 그들은 길모의 직속 사단이었다. 길모가 마음먹기에 따라서는 길모 사단만 쪽 뽑아서 1번 룸에 넣을 수도 있었다.

잠시 혼란이 찾아왔다. 한국 사람들은 여자를 보는 나름의 기준이 있다. 길모는 그 기준을 알고 있다. 하지만 아랍인들의 기준은 알지 못했다.

'그렇다면!'

기왕이면 다홍치마!

오늘 사우디아라비아 왕자의 방문 목적이 유흥은 아니지만 그래도 낯선 타국. 기왕이면 마음에 드는 여자가 옆에 있으면 더 좋은 게 정석이었다.

"다 들어간다!"

마침내 길모의 입이 열렸다. 에이스가 아닌 아가씨들에게 그 말은 감로수와도 같았다. 어쨌든 공평한 기회가 주어진 것이다.

"지금 앉은 차례 그대로 번호표를 달고 입실한다. 단!"

길모는 혜수를 바라보며 뒷말을 붙였다.

"혜수는 그냥 대기!"

"……!"

그 한마디 역시 아가씨들의 관심을 끌기에 충분하고도 남았다.

혜수…….

홍길모 사단의 맏언니이자 공인 1번 룸의 여왕. 그런 그녀에게 대기 사인이 떨어진 것이다.

[형……]

놀란 건 장호도 마찬가지였다. 사단 아가씨들을 다른 아가씨들과 경합시키는 것도 마땅치 않은 판에 에이스 중의 에이스인 혜수를 대기시켰지 않은가?

"한 가지만 기억해라. 오른쪽 벽으로 바짝 붙어 들어가서 테이블 앞에서 3초 멈춘 다음 왼쪽 벽에 붙어 퇴장한다."

길모는 주의점만 알려주고 대기실을 나갔다. 대기실에는 혜수 혼자 덩그러니 남았다. 그래도 혜수는 허술한 틈을 보이지 않았다.

"그럼 시작하겠습니다. 혹시 마음에 드는 아가씨가 있으면 번호를 말씀해 주시기 바랍니다."

룸으로 돌아온 길모가 송 회장과 왕자를 향해 말했다.

왕자는 호기심을 보였다. 앉은 자세를 고치더니 문을 향해 시선을 들었다. 그리고… 문이 열리는 것과 동시에 아가씨들이 들어서기 시작했다.

옷은 평상시의 홀복이었다. 따라서 더러는 야한 옷을 입은 아가씨도 있었고 또 더러는 평범한 이브닝드레스를 입은 사람도 있었다. 개중에는, 왕자에게 어필하기 위해 히잡이나 차도르를 감은 아가씨도 나왔다. 길모는 웃었다. 따로 시킨 일은 아니었다. 그럼에도 불구하고 스스로 생존법을 찾아내는 건 반가운 일이 아닐 수 없었다.

에이스 민선아는 여섯 번째로 테이블 앞에 멈췄다. 그녀는 우아한 미소에 승부수를 던지고 물러섰다. 안지영은 섹시한 포즈로 승부했고 창해는 손바닥 위에 숨결을 불어 왕자에게 날림으로써 초이스를 갈망했다.

에이스 중 마지막 주자는 홍연이었다. 승아에 뒤이어 들어선 홍연은 두 번 팽그르 돌았다. 그런 다음 연회에서 한바탕 춤을 나눈 사람처럼 정중한 인사를 남기고 퇴장했다.

탁!

문 닫기는 소리를 들으며 길모는 송 회장을 바라보았다. 송회장의 시선은 바로 왕자에게 건너갔다. 왕자는 두어 번 헛기침을 쏟아내더니 통역에게 수표를 내밀며 속삭였다.

"왕자님께서 이렇게 말씀하십니다. 다 멋진 아가씨들이니 1억을 공평히 나눠주어 고마움을 표하고… 12번 아가씨와 마지막 아가씨가 귀엽긴 하지만 아가씨들 입실은 부장님께 맞기겠다고 하십니다. 다만 무엇보다 빨리 부장님의 관상 실력을 구경하고 싶으시다고……."

통역이 수표를 내밀었다.

1억!

들어왔다 나간 아가씨들이 30여 명. 그러니 당장 300여만 원씩 돌아갈 판이었다.

'12번이라면 장목화… 마지막은 홍연……'

장목화는 길모 사단이 아닌 아가씨.

조금 의외이기도 했다. 어엿한 에이스들을 제치고 평범한 그녀가 뽑혔기 때문이었다. 아무튼 한편으로는 다행이었다.

이제는 카날리아의 사장이 된 길모. 덕분에 운신의 폭이 좁아졌다. 길모 사단 아가씨들만 전적으로 챙기기 어려운 상황이 된 것이다.

그 고심을 왕자가 깨주었다. 고맙게도 사단 아가씨가 아닌 장목화를 지명함으로써 일부 부담을 덜었다. 손님의 기호를 반영한 것이니 큰 불만이 나올 일도 아니었다.

"와아!"

1억 수표가 전해지자 대기실에는 환호가 일었다.

"엄마야!"

뜻밖의 호명을 받은 장목화는 비명까지 질렀다. 전율까지 느꼈다. 에이스들을 제치고 얻어낸 초이스기 때문이었다.

"좋겠다."

"얘가 알고 보니 사우디아라비아 남자들 타입인가 봐."

"기집애, 백지수표 팁 받으면 언니 차 한 대 부탁해!"

"나는 명품 가방 하나면 된다."

아가씨들의 시샘 어린 격려가 이어지는 동안 길모는 입실할 아가씨들을 호명했다.

홍연!

창해!

선아!

장목화를 포함해 거기까지가 끝이었다. 그러자 아가씨들의 시선이 다시 혜수에게 쏠렸다. 그건 그녀들도 믿기 어려운 일이기 때문이었다. 길모는 다소 굳은 혜수를 바라보며 다음 말을 이어갔다.

"이 네 명은 혜수의 지휘를 받는다."

"……!"

마지막 말은 절묘했다. 그 한마디로 혜수의 입장이 정리된 것이다. 어째서 아닐까? 길모는 애당초 혜수를 오늘의 여왕으로 찜해두고 있었다. 사단 아가씨기 때문이 아니었다. 길모가 데려왔기 때문이 아니었다. 알뜰살뜰 사우디아라비아의 정보를 가져온 혜수. 중국에서도 위력을 발휘한 그녀.

그녀라면 왕자의 초이스와 관계없이 관상왕의 권한으로 밀어넣을 생각이었다. 그랬기에 굳이 초이스 라인에 세우지 않았던 것이다.

여왕 혜수!

그녀는 쟁쟁한 아가씨 넷을 이끌고 입실했다. 몽환적인 아름다움과 고혹미가 어울린 그녀는 가히 1번 룸의 여왕 칭호가 아깝지 않았다. 그건 왕자의 눈치에서도 알 수 있었다. 대번에 밝아지는 눈빛은 그녀에 대한 호감을 증명하고 있었다.

'원래 선수는 마지막에 등장하는 법이니까.'

길모는 왕자 옆에 목화를 앉혔다. 두 측근에게는 창해와 선아를 붙여주었다. 대신 혜수는 송 회장 옆자리를 주었다. 왕자의 앞이었다.

본시 룸에서는 옆 자리 여자보다 앞 자리의 여자에게 더 호감이 가는 법. 길모는 정석으로 꼽히는 공식에 따랐다. 마지막으로 홍연은 전무 옆에 자리를 잡았다.

슬쩍 좌석 배치를 돌아보던 길모는 두 사람이 마음에 걸렸다. 왕자 좌우에 포진한 인물들이었다. 막연한 기분 탓이 아니었다. 한 사람은 관상이 좋지 않았고 또 한 사람은 상을 읽어내기가 편치 않았기 때문이었다.

'긴장한 탓이야.'

길모는 가볍게 고개를 저었다.

착석이 끝나자 음식이 들어왔다. 음식에 대해서는 통역에게 설명을 따로 붙였다. 모든 음식은 할랄 의식에 따른 것으로 준비했다는 걸 알려주었다.

'비스말라.'

그들은 과연 식사를 하기 전에 감사부터 올렸다.

테이블에는 술을 놓지 않았다. 대신 중국에서 들여온 최고급 차를 올렸다. 급하게 구하느라 한 통에 3억을 약속한 차였다. 만약 손님이 마시지 않으면 1억을 내고 반환하겠다는 계약서(?)까지 붙였다. 그 또한 방 사장의 힘이었다. 그가 아니라면 결코 구할 수 없는 고급 차였다.

"어떻습니까?"

차를 한 모금 넘긴 송 회장이 왕자에게 물었다.

"좋군요."

왕자의 말을 통역이 풀어주었다. 길모에게는, 낯설지 않은 풍경이었다. 이미 중국에서 겪은 일이 아니었던가?

"아직 더 기다려야 하냐고 물으십니다."

왕자의 말을 전해들은 통역이 길모를 바라보았다. 관상을 시작하라는 채근이었다. 길모, 그 말을 듣고 비로소 단정하게 시선을 들어올렸다. 시선이 왕자의 눈과 닿았다. 자칫하면 흑인으로 보일 정도로 까무잡잡한 왕자의 얼굴. 그마나 한 번 보아서인지 아까보다는 충격이 줄었다.

"그럼 왕자님께 여쭤봐 주시죠. 뭘 알고 싶으신지……."

길모가 공손히 말했다. 통역의 입을 통해 구불구불한 발언들이 오갔다. 그 사이에 길모의 시선이 혜수와 닿았다. 그녀는 잔을 잡은 손으로 엄지를 세워보였다. 아무도 몰래 격려와 신뢰를 보내준 것이다.

'사통팔달……'

길모는 머리에 떠도는 잡념을 태워 버렸다.

이 자리… 얼마나 많은 사연이 점철된 곳이던가? 처음, 사선에 선 에뜨왈의 이 실장을 위시해 천 회장과 모상길, 그리고 길모를 시험하려던 백홍우 거사의 일까지…….

가만히 시선을 들어 벽의 휘호를 보았다.

유복동향 유난동당(有福同享 有難同當)!

복은 나누고 어려움은 함께 헤쳐 간다는 말. 안으로 읊조리니 마음이 한결 편해졌다. 사우디아라비아 왕자도 사람이다. 눈, 코, 입, 귀가 있다. 얼굴이 있다면 보지 못할 관상은 없었다.

암!

"왕자님 말씀이……."

왕자의 말을 들은 통역자가 길모를 바라보았다.

"아무거나 되냐고 하시네요."

아무거나!

처음부터 빡센 질문이었다.

"물론입니다."

길모는 주저 없이 대답했다. 통역이 길모의 말을 전달하자 측근 하나가 전화기를 꺼냈다. 이어 네 명의 경호원이 1번 룸으로 들어섰다.

"저 네 사람 중에 왕자님의 생명의 은인이 있으시답니다. 맞출 수 있냐고 물으십니다."

'생명의 은인…….'

첫 번째 테스트치고는 난이도가 높았다.

길모는 보았다. 왕자의 말이 끝나기도 전에 길모를 쏘아보는 두 측근의 시선. 그들은 테스트를 시작하기도 전부터 길모를 검증하는 게 틀림없었다. 혹시라도 무슨 꼼수라도 쓸까 살피는 모양이었다.

긴장하기는 선아와 창해, 목화도 비슷했다. 소문만 들었지 길모의 관상 현장을 옆에서 보지 못했던 세 아가씨. 그녀들도 호기심을 숨기기 못하는 시선이었다.

"홍 부장……."

송 회장의 시선이 애처롭게 다가왔다.

가능한가?

그의 눈빛도 그렇게 길모를 재촉했다. 네 명의 경호원. 셋은 보통 아랍 얼굴이었고 한 명은 완전 흑인이었다.

"이 안에 있습니다!"

넷 앞에 선 길모가 짧게 대답했다. 순간, 길모는 보았다. 왕자 오른편의 측근 입가에 맴도는 차가운 냉소…….

"푸하하핫!"

그와 동시에 왕자가 파안대소와 함께 자리를 털고 일어섰다. 길모, 첫판부터 틀린 것인가?

"즐거운 경험, 고맙습니다."

왕자가 송 회장에게 인사를 건넸다. 그만 돌아가겠다는 사인이었다.

"이, 이거……."

송 회장은 어쩔 줄을 몰라 했다. 분위기로 보아 길모가 틀린 모양이었다. 그렇기에 실망한 왕자가 일어선 것이다.

길모가 돌아선 건 그때였다. 길모는 그대로 성큼 걸음을 옮겨 테이블 앞에 멈췄다.

"왕자님께서 돌아가신답니다."

통역이 말했다.

"결과도 듣지 않고 말입니까?"

길모가 물었다.

"왕자님 말씀이 그들 중에 자기 생명의 은인은 없답니다."

"당연하죠. 저들 네 명 중에는 없습니다.

"네?"

길모의 말을 들은 통역이 주춤거렸다.

"가시는 건 자유지만 제 답은 아직 나오지 않았습니다. 기왕 화두를 던진 것이니 답은 듣고 가시는 게 좋지 않겠냐고 전해주십시오."

길모의 눈은 왕자를 향하고 있었다. 당황한 통역이 더듬더듬 길모의 뜻을 전했다.

"답이 나오지 않았다고? 분명 저들 안에 있다고 하지 않았나?"

"저들 네 명이 아니라 이 룸 안에 있다고 했습니다."

"이 룸 안?"

왕자가 되물을 때 길모는 왕자 바로 옆의 측근을 가리켰다.

"왕자님의 생명의 은인은 이분이십니다. 한 번이 아니고 두 번이군요."

"……!"

"왕자님이 열한 살 때와 마흔세 살 때입니다."

길모는 담담하게 대답했다.

"⋯⋯!"

통역의 말을 들은 왕자가 미간을 힘껏 찡그렸다. 오른쪽 측근도 그랬다. 왕자는 또 파안대소를 지었다. 아까와 다른 건 웃음에 이어 엄지손가락을 세웠다는 것이었다.

"슈크란!"

길모는 아랍어로 화답했다. 왕자는 한 번 더 엄지를 세워 보이고는 통역에게 뭐라고 뜻을 전했다.

"부장님께서 틀린 걸로 알고 돌아가려한 자신의 행동이 경솔했다고 미안하답니다. 그리고 왼편의 분이 왕자님 목숨을 두 번 구해준 것도 맞다고 하십니다."

통역의 말을 들은 길모는 왕자에게 가벼운 묵례를 올렸다.

"후우!"

송 회장의 입에서는 길고 긴 한숨이 새어 나왔다. 마치 사선의 9부 능선에서 돌아온 사람처럼⋯⋯.

"죄송하지만 한 가지 더 요청을 해도 되냐고 하십니다."

"기꺼이!"

통역의 말을 들은 길모는 흔쾌히 수락을 했다. 어차피 길모의 관상을 확인하려고 온 사람이었다. 더구나 룸을 전세 낸 판이니 하나가 아니라 열이라도 문제없을 일이었다.

"이분의 직업을 맞춰보라고 하십니다."

통역자가 오른편 남자를 가리켰다. 아까부터 신경이 쓰이던 그 남자였다.

'직업?'

고집스러울 정도로 터번을 눌러쓴 얼굴. 게다가 양 볼까지 덥수룩하게 덮은 수염. 거기에 숯검정을 올린 듯 검은 눈썹 안에서 빛나는 초록의 눈동자.

'후우!'

가늠하기 어려웠다.

길모의 마음을 아는지 혜수의 숨소리가 끊겼다. 그녀 역시 나름 관상을 보고 있었다. 이제 막 관상에 눈을 뜨기 시작한 혜수. 하지만 눈앞의 이방인은 직업이 아니라 나이조차도 가늠하기 힘든 얼굴이었다.

'부장님이 과연······.'

혜수는 긴장감을 참지 못하고 목젖이 울렁거릴 정도로 침을 넘겼다.

'이게 진짜 테스트로군.'

길모는 정신을 집중했다. 학습 효과였다. 첫 테스트는 맛보기였을 가능성이 컸다. 그러니 이번에는 완전하게 기선을 제압하는 게 중요했다.

'눈에서 뱀의 기세가 느껴진다. 그렇다면 공히 처자궁이 나쁠 일··· 그러나 입가의 주름이 처지고 있으니 정기가 고갈되어 속병을 앓고 있고··· 오른쪽 이마에 사마귀가 있으니 성실하고 책임감은 뚜렷··· 하지만······.'

길모는 그의 목과 어깨에 이르러 잠시 숨을 돌렸다.

'목이 유난히 길고 어깨가 둥근 데다 몸이 푸짐하니 사람 끊이지 않을 직업…… 응?'

사람이 끊이지 않을 직업. 거기까지 질러간 길모의 눈이 휘둥그레졌다. 여기까지만 봐서는 영락없는 관상쟁이였다.

'관상쟁이?'

길모는 잠시 고민에 빠졌다. 사우디아라비아에 관상쟁이? 길모는 겉으로 드러내지 않은 채 조금 더 집중했다. 가닥은 잡았지만 단어 선택에 망설임이 따라붙었다.

관상쟁이!

그것도 중동에서?

그건 좀 아닌 것 같았다.

왕자는 사우디아라비아 사람. 직업 이름을 정확히 맞추지 못하면 의구심을 살 수 있었다.

'아!'

잠시 고뇌하던 길모가 단초를 뽑아냈다. 과연 사통발달이다. 모든 것은 통하게 되어 있다. 그러나 귤은 회수를 건너면 탱자가 되는 법. 그렇다면 그 이름이나 역할은 다를 수 있었다.

"저분은……."

단어를 골라낸 길모가 마침내 입을 열었다.

"직업에 앞서 몇 가지 덧붙여 드리지요. 우선 처자궁이 나빠여복이 없습니다. 지금까지도 그렇지만 앞으로도 혼자 사실 운

명입니다. 나아가 신장이나 허리 등 남자구실을 위한 건강도 좋지 않으니 속히 손을 쓰셔야겠습니다. 마지막으로 저분의 직업은……."

길모는 오른편 남자를 바라보며 또렷하게 말을 이었다.

"주술사입니다!"

주술사!

길모가 고른 건 그 단어였다. 중동에는 관상쟁이가 없을 거라고 판단한 것이다.

한국의 관상가.

사람의 발길이 끊기질 않을 직업.

중동의 주술사!

그 역시 사람의 방문이 많을 직업.

길모의 판단은 맞았을까? 그러나 기왕 입을 떠났기에 길모는 후회하지 않았다.

오른편 남자는 통역의 말을 들었다. 아무 대꾸도 하지 않았다. 얼굴도 변하지 않았다. 하지만 오래가지 않았다. 얼음장 같은 미소를 지워 버린 그가 가벼운 박수로 길모의 답을 확인해 주었다.

주술사!

길모의 응용력이 길 하나를 열어준 셈이었다.

"부장님!"

선아와 창해, 목화 등의 아가씨들의 입가에 웃음꽃이 번져 갔다. 가재는 게 편이라고 이 순간, 그녀들은 길모의 완전한 지지자들이었다.

왕자도 박수를 보내주었다. 이제 그들의 미소는 한결 긴장이 벗겨진 모습이었다.

"그대의 실력이 신기에 가까우니 내 진짜 질문을 하나 하겠소."

길모를 바라보던 왕자가 위엄어린 목소리를 쏟아냈다. 그 뜻은 통역이 바로 전달해 주었다.

"왕자님이 왕이 될 수 있겠냐고 물으십니다."

왕!

어려운 질문이 나왔다.

하지만!

이걸 묻기 위해 두어 번 돌아온 왕자였다.

사우디아라비아의 왕자 알 야세르. 수십 명 왕자 사이에 낀 왕자로서 당연한 질문일 수도 있었다. 그런데 주지하다시피 사우디아라비아의 왕위 세습은 좀 복잡했다.

우선 그들은 다음 왕위에 오를 사람을 왕세자라고 부르지 않는다. 왕세제라고 부른다.

왕세제?

처음 길모는 이게 오타인 줄 오해했었다. 그럼 왜 이런 말이 나오게 되었을까? 그건 바로 사우디아라비아의 왕위 세습 때문이었다. 우리와 달리 이들은 형제 세습제. 그렇기에 아들 자(子)

자가 아니라 형제 제(弟) 자를 붙여 왕세제가 되었다. 길모도 혜수가 준 자료를 통해 알고 있는 사실이다.

이 유언을 남긴 사람은 초대 국왕 압델 아지즈 이븐 사우드 국왕이다. 이처럼 형제 세습이 이루어지다 보니 자연스럽게 고령화 문제가 대두되었다. 다음 왕위 계승자로 지목되는 사람들 나이가 70대에 이를 지경. 나아가 그 손자 세대에도 60대 왕자들이 줄을 서고 있었다.

이러다 보니 초대 국왕의 손자 세대들이 권력의 중심이 되어버려 아들 세대의 형제 세습은 머잖아 끝나리라는 관측 또한 유력하게 대두되었다.

이러한 관측에는 핫사 알 수다이리 왕비가 낳은 일곱 아들이 원인을 제공하고 있다. 사우디아라비아에서는 이들을 일러 '수다이리 세븐' 이라고 칭한다. 수다이리는 초대 국왕의 부인 중에서도 총애를 독차지한 왕비의 이름이다. 이들 7형제 중에서 연속으로 왕세제가 나오자 비(非)수다이리 계열 왕자들의 견제가 발동한 것이다.

그 비수다이리 계열 왕자 중에서 가장 선두 주자가 바로 알 야세르 왕자였다. 그는 40대 후반부터 차근차근 영역을 넓혀왔다. 현재는 국가수비대장과 내무차관보를 겸임하며 기회를 노리고 있다. 그러자면 일단 내무장관 자리부터 차지해야 했다. 사우디아라비아에서는 내무장관이 왕세제로 갈 수 있는 요로로 불리기 때문이었다.

그러나 사우디아라비아는 지금 여러 가지 난제에 봉착해 있다. 그건 혜수가 뽑아온 핵심 자료에서 파악했다. 관상은 중요하다. 하지만 그 사람이 처한 상황을 모르면 만족스러운 처방이 되기 어려웠다.

주지하다시피 사우디아라비아는 중동의 맹주. 일일 1,000~1,100만 배럴의 원유를 생산해 국고의 90% 가까이를 충당하는 나라다. 사우디아라비아는 그 돈으로 무료 의료와 사회복지를 운영하고 있다. 하지만 최근에 불어닥친 중동의 봄은 사우디아라비아에도 막대한 영향을 미쳤다. 왕조는 발 빠르게 복지 확대 정책을 쓰면서 중동의 봄 분위기가 사우디아라비아에 착륙하는 걸 막아냈다.

그러던 차에 셰일가스 폭풍이 몰아쳤다. 미국 주도의 셰일가스가 대두되면서 세계 에너지 시장에서의 입지가 흔들릴 처지에 처한 것이다.

결국 사우디아라비아는 유류 가격 인하라는 극약 처방을 내놓았다. 이로 인해 400억불 가까운 수입 감소가 예상되지만 천문학적인 외환보유고가 있기에 그럭저럭 버틸 맷집은 되었다.

그 원유값 인하를 주도한 것도 신성 알 야세르 왕자였다. 덕분에 사우디아라비아는 국제 에너지 시장에서 입김을 잃지 않았고 그로 인해 왕자는 국왕의 신임을 얻었다.

그가 한국에 관심을 갖고 있는 건 국왕의 신뢰에 대해 쐐기를 박을 생각 때문이었다. 한국의 자동차 회사와 중동 환경에 알맞은 자동차 생산 계약을 하고 돌아가 능력을 과시하려는 것이다. 그렇게 되면 막 부각되는 고령화 왕위 세습과 더불어 수다이리 세븐에 대한 견제 심리의 극대화로 왕세제를 넘볼 수도 있을 일이었다.

"잠깐!"

길모가 막 관상에 집중하려 할 때였다. 왼편에 자리한 측근이 딴죽을 걸고 나왔다.

통역 교체!

그가 원하는 건 그것이었다. 지금까지 합석한 통역은 송 회장이 데려온 사람. 그걸 자기들이 데려온 통역으로 바꾸자는 것이었다.

왕.

왕위에 오르는 일.

명백히 천기누설에 속하는 일.

그만큼 민감한 사인이라는 반증이었다. 송 회장은 기꺼이 응했다. 반대할 이유도 없었다.

"저기……."

통역이 교체될 때 길모가 한국인 통역을 잡았다. 길모는 그에게 꼭 한 가지만 확인해 달라고 요청했다. 통역은 길모의 요청을 수행하고 복도로 나갔다.

새 통역이 들어오자 왕자는 길모를 바라보았다. 길모 역시 그의 얼굴을 가지런히 바라보았다.

까무잡잡한 피부…….

그게 눈에 밟혔다. 길모는 천천히 색에 대한 부담을 털어냈다. 색은 관념이다. 그 한 꺼풀을 벗기면 모든 인간은 똑같은 것. 마음을 가다듬으며 서서히 집중해 나가는 길모.

왕자의 눈은 맑았다.

초록빛이 돌지만 큰 문제는 되지 않았다. 기준은 고유의 색이다. 검은 눈의 사람은 검은 기준이면 족했고 푸른 눈동자라면 푸른 기준으로 족했다.

관상은 변한다.

하물며 관상쟁이라면 변한 환경에 적응하는 것도 실력이었다.

'아!'

그러다 낮은 한숨을 쉬고 말았다. 그 작은 소리를 들은 건 혜수였다. 침착한 그녀는 물을 따라 내밀었다. 길모는 그 물을 받아 마시며 마음을 진정시켰다.

간문 때문이었다.

한국인이라면 척 보고 읽어낼 수도 있는 간문. 그러나 검은 피부에 가깝다 보니 미묘한 차이까지 짚어내는 데 힘이 들었다. 집중하자 보였다. 검은색에도 차이는 있게 마련이었다. 그런데 왕자의 간문은, 한국적 상법(相法)으로 치면 좀 복잡했다.

사우디아라비아는 일부다처제 국가. 자료를 보니 법적으로 네 명까지는 문제가 없었다. 네 명의 여자와 더불어 사는 남자.

한국적 가치관으로 보자면 간문이 명랑할 리 없었다.

거기서 길모는 혼란스러워졌다.

일부일처제!

일부다처제!

뭐가 다를까? 일부일처제에서 남자는 한 명의 여자와만 결혼해야 한다. 한눈을 팔아도 안 된다. 다른 사람을 만나면 불륜이다. 간문이 어지럽고 난잡해지는 것이다.

그런데 일부다처제에서는 당연히 여러 여자와 함께 산다. 열 명과의 결혼이 허용된다면 열 명과 살아도 문제없다. 그럼 이럴 때의 간문은 어떨까? 합법적인 것이니 한 여자와 사는 남자처럼 맑을까? 아니면 그렇다고 해도 역시 많은 여자와 정을 통하며 사는 것이므로 간문이 어지러울까?

왕자의 간문은 일단 읽기도 쉽지 않았다. 피부색이 어두운 까닭에 명쾌하게 읽히지 않는 것이다. 더구나 일부다처제라는 선입견이 길모를 혼란스럽게 만들었다.

그러나!

길모는 생각했다. 간문의 핵심은 역시 정의로움이 아닐까? 누구든 양심에 거리끼는 일을 하면 표정이 맑을 수 없다. 간문도 그 선상에 있다. 그러니까 일부다처제의 문화에서는 여러 여자와 동시에 사귀는 게 불륜이 아닌 것. 고로 자기 부인들과 성생활을 하는 한 간문이 어지러울 이유가 없다는 결론 쪽으로 마음이 기울었다.

간문은 도덕!

그렇게 정리하니 일부다처제라는 건 크게 문제가 되지 않았다.

한 가지 안개를 걷어내니 보기에 조금 나았다. 길모는 왕자의 얼굴색에 기준을 정했다. 검은색이다. 검은색이 기준이다. 검은색에도 차이가 있다. 생기 있는 색과 생기 없는 색이 바로 그것이었다.

'왕자님은……'

마침내 길모는 간문을 통과할 수 있었다.

왕자의 명궁은 최고였다. 한국인보다 다소 높게 해석해서 재배치한 기준으로도 그랬다. 길모는 천천히 왕자의 얼굴을 짚어나갔다.

위맹지상!

후중지상!

청수지상!

고괴지상!

귀하디귀한 네 가지 상이 거기 고루 있었다. 권력과 명예에 어울릴 위엄이 보였고 작은 일에 흔들리지 않을 기상도 엿보였다. 맑고 깨끗함도 우러나고 강력한 의지도 배어나왔다. 이목구비는 다르지만 아련하게 느껴지는 청수함과 온화함, 한마디로 융준용안(隆準龍顏). 왕족에 어긋남이 없는 관상이었다.

'마지막으로……'

길모는 유년운기 부위를 짚었다. 수염 때문에 쉽지 않았다. 아니, 그 어떤 관상가라고 해도 두 손을 들 일이었다. 하지만 길모는 주저하지 않았다.

수염에 가린 장년의 운. 그렇다고 길모의 눈을 막지는 못했다. 수염에 가린 곳을 피해 다른 길을 택했다. 주변 색을 통해 수염 안의 운기를 읽은 것이다. 말하자면 사통팔달의 역순에 속했다. 골격으로 얼굴을 추론해 내듯이!

다행히 대운이 엿보였다. 그의 인생에 있어 30년 대운이었다.

대운!

그게 무엇인가?

왕자에게 대운은 단 하나였다.

그쯤에서 답을 내줄까 싶을 때 하필 요리가 바닥을 드러냈다. 길모는 왕자의 양해를 구하고 복도로 나왔다.

"잘되어 가냐?"

복도는 여전히 만원이었다. 아가씨들부터 방 사장까지 죄다 나와서 서성거리고 있었다.

"도와줄 거 없어?"

3번 룸에서 나온 서 부장이 물었다.

"다른 룸 분위기는 어때요?"

"특별한 거 없다. 워낙 사우디아라비아 손님들이 술을 안 마시니까 TPT 그룹 사람들하고 아가씨들이 차만 마시다 보니 좀 맹숭맹숭한 모양이다만……."

"그럼 계속 부탁합니다."

길모는 서 부장에게 당부를 남기고 주방으로 향했다. 분주하기는 주방도 다르지 않았다. 전문 요리사도 그랬고 이모도 그랬다. 보조 두 명을 더 붙여놓았지만 술 대신 요리를 먹는 분위기가 되어버린 룸. 그러다 보니 생각보다 더 많은 차와 요리가 공수되어야 했다.

"승아야!"

주방 앞에서 길모가 승아를 불렀다. 그런 다음 지시를 내렸다. 추가 요리 배달은 승아의 책임하에 룸에 넣을 것. 아가씨들도 단정하게 따를 것 등이 그것이었다.

"야, 홍길모……."

다시 룸으로 들어가려 할 때 방 사장이 길모의 어깨를 잡았다.

"중국 차 다 마셨냐?"

"많이 남았는데요?"

"기왕이면 국산 희귀 버섯차도 끼워 넣어라. 우리나라 차도 맛을 보여야 애국자지."

"그럴까요?"

길모는 흔쾌히 수락했다. 중국차보다는 조금 싸게 구해온 국산 차. 그렇다고 해도 심산유곡의 암자 스님이 오랫동안 공들여 만든 것이라 수천만 원을 기부하기로 약속하고 가져온 것이었다.

"뭄타즈 짓단!"

새로 들어온 국산차를 맛 본 왕자가 고개를 끄덕거렸다. 그러고 보면 왕자는 매사 긍정적이었다. 낯선 음식을 먹으면서도 얼굴 한 번 찡그리지 않았다.

"다시 시작할까요?"

차를 넘긴 왕자가 길모를 바라보았다. 은근하면서도 여유가 넘치는 눈이었다. 막 입을 열려던 길모가 호흡을 멈췄다. 미간에 매달린 액살 때문이었다.

흉살!

분명, 흉살이었다.

길모는 시선을 집중했다. 까무잡잡한 탓에 잘못 보았을 수도 있었기 때문이었다. 하지만 실수가 아니었다. 미간과 인당에서 엿보이는 그늘은 소리 없이 깊었다.

길모는 아예 피부를 걷어내고 안으로 들어갔다. 까무잡잡한 피부 안에 감춰진 원초적인 속살들. 그 안에서 검푸른 기세가 자리 잡고 있었다. 미간과 양쪽 관골에 얼비치는 검고 푸른 느낌. 누군가 왕자를 노리고 있는 게 확실했다.

길모는 다시 간문으로 돌아갔다. 마음에 걸리기엔 그곳이 첫 번째였기 때문이었다.

간문!

뚫어져라 눈을 고정한 길모는 이번에도 피부를 걷어냈다. 한 꺼풀이 벗겨지고 또 한 꺼풀이 떨어져 나갔다.

'부인들……'

시선을 옮겨 부부궁을 확인했다. 하나, 둘, 셋, 넷. 넷까지 센 길모는 눈을 의심했다. 아뿔싸, 넷 옆에 또 하나의 부인이 보였기 때문이었다.

'사우디아라비아의 법으로는 분명 4명까지가 합법적이라고 했는데…….'

길모는 자신도 모르게 혜수를 바라보았다. 그녀가 틀릴 리는 없었다. 하지만 길모도 틀리지 않았다. 다른 것도 아니고 부인 숫자를 맞추는 것임에랴.

그 순간, 길모는 미간이 뜨끈해지는 걸 느꼈다. 왕자 측근의 시선 때문이었다. 처음부터 그랬지만 그는 지나칠 만큼 길모를 집중하고 있었다.

'이런!'

슬쩍 그의 얼굴을 확인한 길모는 소리 없는 탄식을 쏟아냈다.

'배신자의 상.'

길모는 마른침을 넘겼다. 그는 오관이 고르게 생겼다. 그래서 얼핏 보기에는 별문제가 없어 보였다. 그런데 뜯어보니 달랐다. 이마선이 깔끔하지 않았다. 조각 같지만 날카로운 코끝에는 차가운 마음을 숨기고 있었고 윗입술을 살짝 덮은 아랫입술은 배신자의 상으로 보기에 충분했다. 눈에 숨겨진 기세도 만만치 않았다. 살짝 부유한 눈동자는 배신을 해도 대충 하는 게 아닐 상이었다.

그렇다면!

길모는 깊은 숨을 내쉬었다.

"왕자님께 이 말을 강조해 주세요. 욕심을 내시면 안 될 상이라고."

바뀐 통역에게 그렇게 부탁을 했다. 말을 전해들은 왕자는 잔잔하게 웃었다. 웃음 속에 쓸쓸함이 어린 미소였다. 왕자의 나이 64세. 길모의 말을 절대적으로 신봉하지는 않겠지만 어쨌든 김이 새는 일임은 확실해 보였다.

욕심을 내지 말 것!

대권은 불가!

어린 아이도 알아들은 말이었다.

잠깐 동안 왕자 일행의 수군거림이 이어졌다. 눈치로 보아 그만 가자는 말이 나오는 모양이었다. 하지만 여기는 관상왕의 1번 룸. 왕은 아직 왕자를 보낼 때가 아니었다.

"죄송하지만……."

길모가 통역을 잡고 귀엣말을 건넸다. 그 말은 고스란히 왕자에게 전해졌다.

'기왕에 오셨으니 왕자님만을 위한 특별 공연을 보여드리고 싶습니다.'

왕자는 다소 망설이는 표정이었다. 하지만 길모가 꾸벅 묵례로 재청하자 그 뜻을 받아주었다.

다 내보내 주세요.

길모가 요청한 건 그것이었다.

통역자의 말을 들은 왼편 측근은 길모를 한 번 노려보고 룸을 나갔다. 주술사는 왕자와 몇 마디를 주고받았지만 나쁜 표정은 아니었다. 그는 이미 길모의 실력을 인정한 까닭이었다.

TPT의 전무도 나가고 아가씨들도 나갔다. 남은 건 길모와 혜수, 그리고 송 회장과 왕자, 통역이 전부였다.

"시작해!"

조명을 조정하며 길모가 혜수를 바라보았다. 혜수는 미리 준비한 쇼핑백에서 흰 춤 복을 꺼내 걸쳤다. 그런 다음 왕자 앞에서 공연을 시작했다.

고전무용이었다. 어린 혜수가 즐겨 배우던 춤. 오랜만에 춰보는 거지만 그 춤사위는 만만치 않았다. 한때는 전국대회에서 입상까지 한 그녀였다. 길고 아련한, 흰 자락으로 이어지는 선율은 아름다웠다. 비록 무대가 좁은 룸이라는 아쉬움이 있었지만 그녀의 하얀 곡선만은 이방인의 혼을 빼기에 충분하고도 남았다.

"마샬라, 마샬라!"

왕자는 몇 번이고 멋지다는 아랍어를 쏟아냈다. 왕자 체면에 박수도 이어졌다. 혜수는 두 개의 짧은 곡에 맞춰 춤을 끝냈다. 그녀가 가벼운 인사로 춤을 마감하자 왕자는 연신 엄지를 세우며 흔들었다.

"저기……."

길모는 그때까지도 박수를 치고 있는 아랍인 통역을 바라보았다.

"말씀하세요."

통역의 발음은 좋았다. 하긴 괜히 사우디아라비아 왕자인가? 그라면 한국인보다 더 한국말을 잘하는 통역도 데리고 있을 능력이 있었다.

"왕자님께 이렇게 전해주세요."

"무슨?"

"아까 왕위에 대한 관상은 일부러 다르게 전달한 거라고 말입니다."

"일부러라고요?"

"일단 전하세요."

길모는 빙그레 미소를 머금은 채 통역을 재촉했다.

"……!"

통역의 말을 들은 왕자가 벼락처럼 고개를 들었다.

"왕자님은 왕이 되실 상이십니다."

길모는 통역도 필요 없다는 듯 왕자를 보며 말을 이었다. 그러자 바빠진 건 통역이었다.

"그러나 두 가지 장애물이 있습니다. 제 말에 동의한다면 이제부터는 왕자님과 단둘이서 애기를 계속하고 싶습니다만……"

"……?"

"이렇게 하는 이유는 그중 한 장애물이 바로 아까 여기 왼편에 앉아 있던 사람이기 때문입니다."

길모의 말에는 거침이 없었다.

"홍 부장……."

당황한 송 회장이 미간을 찡그렸다. 일이 엉뚱한 곳으로 흐르고 있다고 생각한 모양이었다.

"관심이 없다면 저는 영원히 침묵하겠습니다. 왕자님!"

길모는 보았다. 왕자의 눈동자가 흔들리기 시작하는 걸. 사우디아라비아의 왕자 알 야세르. 천문학적인 재산에 더불어 왕자군 중에서도 급부상 중인 사람.

하지만 여기는 1번 룸.

그의 상을 짚어낸 이상 그의 운명 역시 길모의 손바닥 위에 놓인 처지였다. 왕자는 꼿꼿한 자세로 한마디를 던졌다.

"아이와!"

OK라는 사인이었다.

그 사인과 동시에 송 회장조차도 일어서야만 했다. 눈치 빠른 혜수가 회장을 모시고 일어섰다. 1번 룸 안. 이제 남은 건 길모와 왕자 둘이었다. 그 둘의 입으로서 통역이 남았다.

바로 이 장면이 올까 싶어 길모가 첫 통역에게 확인해 두었던 것이었다. 한국 통역을 대신해 들어온 통역을 신뢰하냐고. 왕자는 대답했다고 한다. 절대적으로 신임하는 사람이라고. 그것 또한 길모의 부담을 덜어주었다.

"두 장애물이 뭐요?"

홈에서 사우디아라비아의 왕자와 독대한 길모. 숨을 돌릴 사이도 없이 왕자의 질문이 날아들었다.

두 장애물!

왕자의 관심은 명백했다.

"그 전에 한 번 더 확인하고 싶은 게 있습니다."

"말하시오."

"여기 통역을 전적으로 믿습니까?"

"그렇소."

왕자는 주저 없이 대답했다.

"첫 번째 장애물은 아주 가까이 있습니다."

마침내 길모가 천기를 누설하기 시작했다.

"……!"

"제가 상을 보는 입장이니 먼저 말하는 게 도리겠군요. 왕자님 옆에 앉았던 콧수염이 풍성한 사람입니다."

"압둘아지즈……."

왕자의 얼굴이 확 구겨졌다. 길모의 말을 긍정하는 모습이었다.

"또 하나는 이곳에 없습니다.

"……."

"그리고, 여자입니다."

"……?"

스러지던 왕자의 시선이 다시 솟구쳤다.

"죄송하지만 왕자님의 부인들 사진을 볼 수 있을까요?"

길모가 묻자 통역이 그 뜻을 전달했다. 왕자는 잠시 주저했지만 이내 핸드폰을 꺼내 사진을 보여주었다.

"이분들 말고요."

길모는 고개를 저었다.

"……?"

"다른 분이 있습니다."

길모는 거침이 없었다. 통역에 대한 신뢰도 확인이 끝났고 기왕에 질러 버린 사안이었다.

"당신……."

"죄송하지만 왕자님은 다섯 번째 부인이 있습니다."

"……."

"아니라면 정중히 사죄를 하고 일어서겠습니다."

"사죄로 될 일이 아니지."

"그럼?"

"목을 거시오. 내 주술사라면 당신을 흔적 없이 지울 수도 있을 일."

"……."

"두려우면 취소하시오."

"취소하지 않겠습니다."

"자신이 있다?"

"예!"

길모가 대답하자 왕자는 잠시 주술사를 불러들였다. 왕자의 신호를 받은 주술사는 품에서 구슬 하나를 꺼내 들었다. 그가 그걸 비비자 보랏빛 안개가 배어나왔다.

"맹독이오. 냄새를 맡으면 온몸이 마비되고 3일 안에 죽을 것이오."

"……!"

"그래도 자신이 있소?"

왕자가 길모를 바라보았다.

"예!"

길모는 잘라 말했다.

"……."

"흡입하도록 할까요?"

주술사가 왕자를 돌아보았다.

"거두고 다시 나가계시게."

왕자의 명을 받은 주술사가 묵례와 함께 물러났다.

"……."

"……."

"당신……."

잠깐의 침묵 뒤에 왕자가 묵직하게 입을 열었다.

"그런 것조차 알 수 있다는 거요?"

왕자의 목소리는 완전히 누그러져 있었다.

"제가 맞았습니까?"

"……."

"말씀해 주셔야 합니다. 그렇지 않으면 더 진행하지 않을 겁니다."

"맞았소."

마침내 왕자가 수긍을 했다. 길모는 또 하나의 고비를 넘었다.

"송구하지만 그리 어려운 일이 아닙니다."

"그럼 나이도 맞출 수 있소?"

왕자는 더 이상 호기심을 숨기지 않았다.

"42살입니다!"

"……!"

길모가 망설임 없이 대답하자 왕자는 소리가 날 정도로 휘청거렸다. 왕자의 나이 64세. 그런데 길모가 대답한 건 42살. 무려 22세의 차이가 나는 나이였다. 보통 사람이라면 상상할 수도 없는 나이 차이의 커플…….

"그밖에 뭘 더 알 수 있소?"

왕자가 쉰 소리를 내며 물었다.

"지금은 그녀와 원수가 되었다는 거요."

길모의 말을 전하는 통역자의 목소리가 떨리는 게 느껴졌다. 그로서도 통역이 편치 않을 일들이었다.

"또……."

왕자는 계속 물었다.

"그녀를 막지 않으면 왕위를 바라보기 어렵다는 거……."

"그녀가 결국 내 발목을 잡는다?"

"사진을 보여주실 수 있습니까?"

길모가 물었다. 관상을 보지 못하면 길모도 한계가 있기 때문이었다. 왕자는 길모를 한참이나 바라보더니 화면을 뒤지기 시작했다. 왕자가 연결한 건 개인 블로그였다. 거기에 마치 30대 초반처럼 환한 미모를 자랑하는 아랍 여자가 보였다.

여자는 깨끗했다. 애당초 왕자의 등을 칠 만한 관상은 아니었다. 길모는 이유를 알았다.

'세 아이…….'

여자는 셋을 낙태한 얼굴이었다. 셋 다 왕자의 아이였다. 왕자와 만난 건 그녀의 나이 22살 때. 그건 그녀의 얼굴에서 쉽게 알 수 있었다.

나중에 안 일이지만 이 여자의 비운은 왕자를 너무 늦게 만났다는 점이었다. 거기에 더해 무슬림이 아니라는 것. 이미 4명의 아내를 둔 왕자는 첫눈에 그녀에게 맞이 갔지만 결혼할 수가 없었다. 그렇다고 포기하고 싶지도 않았다. 결국 왕자는 그녀의 부모를 만나 비공개 결혼식을 치렀다. 그런 다음, 그녀를 외국에 숨겨두고 이중 살림을 차렸다. 당시에도 나름 견실한 왕자였으니 문제가 될 일도 아니었다. 그녀는 이렇게 왕자의 숨겨진 여인이 되었다.

처음에는 별문제가 없었다. 하지만 임신을 하면서 문제가 불거졌다. 종교 문제로 아이를 낳을 수 없게 된 것. 무려 세 번이나 낙태를 하게 되자 맹목적이던 여자의 사랑에 적신호가 켜졌다. 상을 보니 4년 전부터였다. 그때를 기점으로 여자의 애정이 식게 되었다.

설상가상, 왕자도 나이를 먹으면서 4명의 본부인들 입김이 세져 버렸다. 그렇게 되자 그녀를 찾아오는 회수도 전 같지 않았다. 그녀가 이혼을 결심한 결정적인 계기였다.

불행인지 다행인지 그녀는 비밀의 여자. 왕자는 여전히 아무도 몰래 이혼할 수도 있었다. 문제는 그녀가 요구하는 돈이 너무 많다는 거였다.

1,800억이었다. 외국에 마련한 1,500억 별장과 함께 노후 자금으로 300억을 요구한 것. 그것 때문에 왕자는 골머리를 썩고 있던 판이었다.

"그녀가 결국 팜므파탈이 된다?"

"두 달입니다. 그 안에 해결하지 않으시면……."

"기가 막히군. 그녀가 통보한 최후통첩에도 두 달이라고 했거늘……."

"……."

"압둘아지즈는?"

왕자가 한숨과 함께 측근의 이름을 꺼내들었다.

"그는 속내를 숨기고 있는 사람입니다. 왕자님 편이 아니라 감시자 역할이죠. 언제든 왕자님의 흠을 잡으면 바로 배신자로 돌아설 사람입니다."

"당신……."

"예, 왕자님……."

"알라를 믿나?"

"죄송하지만 저는 무신교입니다."

"방금 나는 신의 소리를 들었네. 알라께서 나를 위해 당신을 보냈다고……."

"……."

"게다가 당신의 그 깊은 배려."

"……."

"나를 위해 모두를 속이는 연기까지 해준 배려심……."

"왕자님은 제 고객이니까요."

"고객?"

"웨이터는 오직 고객을 위해 존재합니다."

"그게 왕자가 아니라도?"

"당연하죠. 이 방에 들어온 그 어떤 고객이라도."

"감동이군."

"두 장애물을 서둘러 제거하시면 왕자님은……."

"……."

"뜻을 성취하실 것으로 봅니다."

"시기도 알 수 있나?"

"6개월 후… 지금 서린 두 개의 어두운 줄기를 걷어내시면 그때쯤에는 지상 최대의 서광이 왕자님의 생을 환하게 비출 것으로 봅니다."

"그러자면……."

왕자가 다시 핸드폰 화면을 띄웠다.

"이들 중에 누가 내 협력자가 되어야 할지도 짚어주어야 할 것 같군."

왕자가 내민 사진에는 수십 명의 지도자가 포진하고 있었다. 길모는 장호를 불러 노트북을 가져오도록 시켰다. 세팅이 되자 화면을 키웠다. 그런 다음 한 사람, 한 사람 신중하게 관상을 보았다.

왕자는 집중했다. 어쩌면 자신의 왕권이 달린 일. 길모를 방해하지 않으려는 듯 숨소리도 크게 내지 않았다.

"왕자님의 친구는 여기 세 분이고 적은 여기 두 분입니다."

길모는 다섯 사람을 짚어주었다.

"적이라고 짚은 한 사람은 뜻밖이로군. 이유도 알 수 있을까?"

"이분은 아까 압둘아지즈라고 한 분과 혈육입니다. 아닙니까?"

"……!"

"보기엔 사촌으로 보입니다만 아까 그분을 뒤에서 조종하는 사람으로 보입니다. 마땅히 견제하셔야 합니다."

"허어!"

"관상은 이것으로 마감할까 합니다."

"허어, 허어!"

왕자의 입에서는 한숨 소리만 새어 나왔다. 길모에게 정곡을 너무 깊이, 그리고 많이 찔린 모양이었다.

인사를 마친 길모는 조명을 조절하고 다시 원래대로 1번 룸의 자리를 채웠다. 왕자의 측근들이 들어오고 송 회장과 전무가 들어왔다. 아가씨들도 처음 그래도 배석했다.

"뭘 하신 겁니까? 왕자님!"

압둘아지즈가 신경을 곤두세우며 물었다. 길모와 단둘이 남은 왕자. 신경이 쓰이는 모양이었다.

"내 사랑스러운 네 부인과 사이좋게 지내는 비법을 물었다네."

왕자는 길모가 조언한 대로 대답했다. 4명의 부인과 조화롭게 지내는 비기의 은밀한 조언. 그건 동서고금을 막론하고 권력자들의 숨은 애로에 속했다. 여자의 질투나 시기에 치이지 않으며 가화만사성(家和萬事成)을 이루는 남자. 아무것도 아닌 것 같지만 결코 쉽지 않은 일이었다. 압둘아지즈 역시 3명의 부인을 데리고 있다. 그러니 그만한 핑계가 없었다.

"비법이 나왔습니까?"

다시 캐묻는 압둘아지즈.

"그렇다마다. 여기 한국의 관상대가께서 각 부인의 관상에 알맞은 대처법을 알려주었다네. 어쩌나 딱 들어맞는지 혀를 내

두를 지경이라니까."

"……."

"자네도 경험해 보려나? 듣자니 두 번째 부인이 강짜 좀 부린 다면서?"

"저는 괜찮습니다. 흠흠!"

압둘아지즈가 손을 내저었다. 가만 보니 왕자의 연기는 수준 급이었다. 덕분에 압둘아지즈는 더 이상 이의를 달지 않았다.

"송 회장님!"

상황이 정리되자 왕자가 송 회장을 바라보았다.

"예, 왕자님!"

"정말 고맙습니다. 솔직히 큰 기대는 안 했는데 제 부인들에 게 각각 알맞은 비방이 어찌나 공감이 가는지… 기분이니 여기 비용은 제가 계산하겠습니다."

"아닙니다. 비용은 저희 회사에서 이미……."

"제가 할 수 있도록 기회를 주시죠. 신비한 비기를 알려준 관 상대가를 위해서라도……."

왕자는 물러설 기색이 없었다. 왕자의 딜. 송 회장 또한 아랍 의 문화를 염두에 두고 있었기에 받아들여야만 했다. 그래야 왕 자의 기분을 건드리지 않는 것이다.

"그러시다면 편하신 대로……."

길모의 예측대로 송 회장이 물러섰다.

"홍 부장님?"

왕자가 길모를 바라보았다.

"예, 왕자님!"

"오늘 밤의 계산이 어떻게 되나요?"

"총 7억입니다만……."

길모의 말을 들은 왕자가 백지수표 위에 동그라미를 그려나갔다. 길모는 보지 않았다. 손님이 세는 돈을 바라보는 건 자칫 실례가 될 수 있었다.

"그리고 이건 여기 아가씨들 사례비……."

왕자는 아가씨들에게도 수표 한 장씩을 건넸다. 다만 혜수의 몫은 약간의 시차를 두고 건네졌다. 아마 액수가 다른 모양이었다.

"인샬라!"

자리를 털고 일어선 왕자가 손을 내밀었다.

"인샬라!"

길모 역시 같은 인사를 하며 손을 잡았다. 왕자가 흡족하게 웃었다. 그 미소는 처음에 의례적으로 보여준 미소와 아주 달랐다.

단단한 시선!

그 시선 속에 묵직한 신뢰가 엿보였다.

"나중에 사우디아라비아에 오면 꼭 연락 달랍니다. 만사를 제치고 만나러 오시겠다네요."

통역이 왕자의 말을 전할 때 길모는 뿌듯했다. 왕자와 친해진

우쭐함 때문이 아니었다. 이유는 한 가지. 길모의 관상이 아랍인에게도 통했다는 사실이었다.

'해냈다!'

길모의 심장에서는 자부심과 더불어 따뜻한 성취감이 훨훨 타올랐다. 사통팔달. 그 한마디에 기대 달려온 길모였다. 그리고 마침내 이루었다. 상이 다른 외국인이라고 포기하지 않은 덕분이었다.

중국인도,

아랍인도,

한국인도……

누구든 상관없었다. 누구든, 그가 인간인 한 누구나 그 얼굴에 운명을 담고 산다.

부릉!

왕자가 차가 먼저 카날리아를 떠났다. 아가씨들 30여 명이 몰려나와 손을 흔들었다. 아무도 시키지 않았다. 하지만 인사만으로 300여만 원의 팁을 챙긴 아가씨들이었으니 그 또한 프로페셔널으로서 당연한 자세였는지도 몰랐다.

"홍 부장, 잠깐 볼 수 있을까?"

왕자의 차가 멀어지기 무섭게 송 회장이 말을 건네 왔다. 궁금한 게 많은 눈치였다.

"와아아!"

송 회장과 더불어 전무를 모시고 1번 룸에 들어서는 순간, 대기실 쪽에서 환호성이 터져 나왔다.

"1억이야!"

"어머어머!"

"까악! 혜수 언니는 2억!"

왕자가 주고 간 팁이 공개된 모양이었다. 목화와 선아, 창해, 홍연 등의 참석자들은 공히 1억 수표 한 장. 거기에 특별한 춤을 춘 혜수에게는 두 배인 2억이 안겨진 것이다.

왕자의 배포.

가히 놀랄 노 자였다.

"와아아!"

아가씨들의 환호성은 한참이 지나서야 가라앉았다.

"역시 사우디아라비아 왕자님답군요."

룸 안에서 전무가 웃었다.

"술 한 잔 가져오겠나? 왕자께서 술을 안 마셔서 차만 마셨더니 속이 더부룩하군. 어차피 자네도 따로 준비한 술이 있을 테고… 아, 옆방 임원들에게도 몇 병 돌리시게. 우리 룸에 아가씨는 필요 없고."

송 회장, 국내파를 위한 2차 오더를 던졌다.

꼴꼴꼴!

술은 길모가 따랐다. 아가씨를 배제한 이유는 길모도 짐작하고 있었다. 송 회장은 길모와 왕자가 독대한 일을 알고 싶었던 것이다.

"수고하셨네."

병을 넘겨받은 송 회장이 길모에게도 한 잔을 따랐다. 그래도 얼굴색은 별로 변화가 없었다. 한국을 대표하는 재벌의 하나다 웠다. 찌질한 사업가라면 궁금증이 온몸에 번져 촐랑거렸을 일. 그래서 길모 손을 잡고 다짜고짜 결과부터 캐물었을 일.

하지만 송 회장은 기품을 지켰다. 조바심 속에서도 고결하게 빛나는 절제는 길모의 고개를 끄덕이게 만들었다. 그릇이 다른 것이다.

"말해주시겠나?"

거푸 두 잔을 비워내고서야 송 회장의 시선이 길모에게 건너 왔다.

"회장님."

길모는 조용한 미소로 고개를 들었다.

"말씀하시게."

"알고 싶은 게 왕위죠?"

길모가 웃었다.

"그렇다네. 그걸 알아야 우리도 사업 규모를 정할 수 있거 든."

"아까 왕자님을 수행한 사람 중에 압둘아지즈라는 분이 있더 군요. 아시나요?"

"알다마다. 왕자의 최측근이자 실세 참모 아닌가?"

"한 달 안에 그분이 왕자님의 최측근에서 잘려 나가면 왕위에 오른다는 신호탄입니다. 만약 그때까지도 최측근으로 있으면 왕위는 물 건너가는 꼴이니 참고하시면 될 것 같습니다."

"무슨 뜻인가?"

"왕자님께서 왕이 되기 위해서 치워야 하는 지뢰들입니다. 그걸 치운다면 왕이 될 의지가 있다는 것이니 필경 왕세제가 되어 왕위에 오르실 겁니다."

"치운다는 건가?"

"제가 보기엔……."

잠시 말을 멈춘 길모가 바로 말을 이었다.

"그렇습니다."

"오, 이런!"

차분하던 송 회장도 결국에는 짧은 감탄을 토하고 말았다. 그가 원하던 답이 나온 것이다. 왕이 될 왕자와 왕자로 끝날 왕자. 그 차이는 하늘과 땅이기 때문이었다.

"고맙네. 이게 전부 자네 공이야, 홍 부장!"

송 회장이 목소리를 높였다.

"아닙니다. 오히려 제가 고맙습니다. 저런 분을 모실 기회를 주셔서……."

"무슨 소리인가? 그깟 기회는 누구든 잡을 수 있다네. 문제는 기회를 성공으로 엮어내는 능력이지."

"……."

"그거 드리시게나."

송 회장이 전무에게 말하자 전무가 봉투 하나를 꺼내놓았다.

"이게 뭐죠?"

"약속한 대로 카날리아 전세낸 대금이라네. 넉넉하게 담았으니 그런 줄 알고 넣어두시게. 물론 저번에 형식적으로 받은 계약서도 그 안에 들었고."

"돈은 이미 왕자님께서……."

"그건 그 양반이 기분 좋아서 낸 돈이고 이건 내가 계약에 따라 내는 돈이네. 설마 사람 차별하려는 건 아니겠지?"

"당치 않습니다. 하지만 두 번 받게 되는 꼴이라……."

"두 번 아니라 열 번이면 어떤가? 솔직히 백 번을 줘도 아깝지 않을 돈이라네."

"회장님!"

"받으세요. 아니면 제가 짤릴지도 모릅니다."

봉투를 내밀고 있던 전무가 웃었다. 길모는 하는 수 없이 그 봉투까지 품에 넣었다.

"술맛 좋구나!"

다시 두 잔을 더 마신 송 회장의 얼굴에는 화색이 완연했다. 술기운이 아니었다. 대운을 만나 타오르는 그의 역동적인 운기(運氣)였다.

자정이 넘기 직전에 송 회장 일행도 철수했다. 술이 거나하게 오른 송 회장은 몇 번이고 고마움을 잊지 않았다.

"으아, 이제야 긴장이 팍 풀리는구나."

가슴을 조이던 방 사장이 먼저 기지개를 펴며 말했다.

"홍 부장, 얼마 받았어?"

이 부장은 매상에 촉각을 곤두세웠다.

"어허, 홍 사장!"

옆에 있던 서 부장이 호칭 문제에 대해 주의를 주었다.

"아따, 형님은 지금 그게 문제입니까? 대사우디아라비아의 왕자께서 납시고 얼마를 뿌리고 갔느냐가 문제지?"

"야야, 일단 우리도 한잔하면서 얘기하자. 나는 속이 다 타버린 거 같다."

방 사장이 길모를 1번 룸 안으로 밀어 넣었다.

"아, 진짜… 사장님은 술 마시면 안 되잖아요?"

이 부장이 당장 딴죽을 걸고 나왔다.

"내가 병원으로 가다가 죽어도 오늘은 마셔야겠으니 꽉꽉 눌러서 가득 채워라. 홍 사장아!"

방 사장은 어떤 때보다 완고하게 술잔을 내밀었다. 길모는 별수 없이 잔을 채워주었다.

"얼마냐? 얼마 쏘고 갔어?"

단숨에 잔을 비워낸 방 사장이 물었다. 주머니로 손을 옮기던 길모, 그제야 여러 눈동자가 쏠려 있음을 깨달았다.

방 사장!

서 부장!

강 부장!

이 부장!

넷은 숨소리도 내지 않았다. 길모는, 천천히 왕자의 봉투를 꺼내 들었다.

그런 다음,

"이 부장님이 발표해 주시죠."

봉투를 이 부장에게 넘겨주었다. 길모는 알고 있었다. 가게를 인수한 후부터 알게 모르게 불만을 가지고 있는 이 부장. 그에게는 대우받고 싶은 마음이 있었다. 그걸 챙겨주는 것이다.

"아, 뭐 이런 걸 나보고 발표하라고… 으억!"

변죽을 울리던 이 부장, 동그라미를 보더니 휘청 척추가 흔들렸다.

"대체 얼마인데 그래?"

강 부장이 고개를 빼들고 나섰다.

"으아악!"

잠시 후, 장호가 두 손으로 내민 수표를 확인한 방 사장이 비명을 질렀다. 수표에는 동그라미 아홉 개나 적혀 있었다. 그 앞에 쓰여진 건 숫자 2. 그러니까 물경 20억을 쏘고 간 것이다.

"우어어!"

숫자를 재확인한 방 사장이 뒷머리를 잡고 넘어갔다. 설레발을 치던 이 부장도 말문이 막히기는 마찬가지였다.

순간 길모가 또 한 장의 수표를 꺼낸 게 그때였다. 이번에는 송 회장이 주고 간 수표였다.

"이것도 마저 발표하세요!"

"으악, 이건 10억!"

이 부장은 또 한 번 몸서리를 쳤다.

30억!

팁을 빼고도 무려 30억의 매상을 올린 길모. 그건 대한민국 텐프로 역사상 유례가 없는 매상기록이었다.

"아이고, 나 죽네……."

방 사장… 결국 정신을 잃었다. 방 사장뿐만이 아니었다. 서 부장도 반은 넋이 나간 모습이었다.

"아, 이거 진짜 제대로 한 잔 마셔야겠네요."

30억.

빈틈없는 서 부장조차도 목이 타는 모양이었다.

"오늘 기록은 방 사장님과 부장님들이 합심해 준 덕분입니다. 특히, 이 부장님에게 감사를 드립니다."

"나? 나?"

이 부장이 고개를 빼들며 물었다. 까칠한 불평만 쏟아놓았던 그였으니 살짝 양심에 찔리는 눈치였다.

"형님이 기발한 아이디어를 주지 않았습니까??"

"내, 내가?"

"댄스 말입니다. 혜수에게 그걸 응용한 고전 춤사위를 선보이게 했더니 왕자가 완전 뻑 가더라고요."

"침, 침을 질질 흘리면서?"

"예!"

길모는 이 부장을 향해 찡긋 윙크를 날렸다. 거짓말이지만 깔끔하게 이 부장을 띄워주는 길모. 길모의 따뜻함에 이 부장은 버벅버벅 눈만 꿈뻑거렸다. 길모는 강 부장에게도 깔끔하게 인사를 챙겼다.

"에라, 모르겠다. 오늘 제대로 마시고 죽자."

할 말이 마땅치 않은 이 부장은 술병을 끌어안고 병나발을 불더니 길모의 잔에도 넘치도록 부었다. 술을 넘기는 귓전으로 아가씨들이 웅성거리는 소리가 들렸다. 다들 복도로 나온 모양이었다. 그녀들도 궁금할 것이다. 하지만 원래 매상은 부장들의 고유 권한이었다. 밑져도 남아도 부장들 책임이었으니 아가씨들은 그저 짐작할 뿐이다.

"장호야, 문 열고 직원들 다 들여보내라!"

길모가 문을 향해 소리쳤다. 아가씨들은 너 나 할 것 없이 방글거리며 룸으로 몰려들었다.

"홍 사장을 위하여!"

북적거리는 룸에서 길모는 잔을 들었다. 술맛은 달콤했다. 하루 3억 매상만 해도 굉장할 판이었다. 그런데 거기에 동그라미가 하나 더 붙었다.

'30억……'

로또가 아니다. 노력으로 얻은 돈이다. 아무리 생각해도 길모는 꿈만 같았다.

"아!"

넋을 놓고 있을 때 옆구리가 뜨끔해졌다. 언제 옆으로 왔는지 혜수가 살을 비틀어 버린 것이다.

"정신줄 챙기시고 제 잔 한 잔 받으세요."

혜수가 웃었다. 길모는 기꺼이 술을 받았다. 대한민국의 술을 다 준다고 해도 마다하지 않을 밤이었다.

제6장

초대형 사고!

달렸다.

다들 달렸다.

부장들도 달리고 아가씨들도 달렸다. 길모도 달렸다. 어쩔 수
가 없었다. 환자인 방 사장까지 달리는 판이 아닌가?

1번 룸에서는 사상 초유의 술판이 벌어졌다. 테이블 두 개를
더 옮겨와 급조한 술판. 아가씨들과 보조까지 다닥다닥 끼어 앉
았지만 누구도 불평하지 않았다.

길모는 특히 더 취했다. 거의 모든 사람들이 부어준 잔을 받
았다. 더러는 혜수가 받아 마셨다.

마시고 또 마신 길모. 보다 못한 혜수가 흑기사를 자처한 것

이다. 그래도 길모의 잔은 빌 새가 없었다. 그 와중에도 아가씨들은 틈만 나면 관상을 물어댔다.

"저도 언젠가 왕자님 초이스 받을 수 있을까요?"

"저는 돈 많은 재벌 2, 3세라도……."

특히 에이스들에게 가려 살던 아가씨들이 입을 모아 물었다.

"그럼 되고말고. 너희들 전부 다 대박날 거야."

길모는 좋은 것만 말해주었다. 술이 취해 가도 그 의식만은 또렷했다.

사람은 누구나 잘하는 것이 있다.

마찬가지로 관상도 누구나 한두 가지는 좋은 상을 가지고 있었다. 상이 아니라면 하다못해 점이라도 쓸 만한 게 있는 것이다.

그저 단순한 호기심으로 보는 관상이라면, 그게 정석이었다. 시시콜콜 모든 것을 말해 시름에 잠기게 하는 건 하수들의 행태다.

술판은 아가씨들 몇 명이 오바이트를 하고, 방 사장이 그 자리에서 늘어지고서 끝났다. 조금 덜 취한 사람들이 더 취한 사람들을 챙겨 보냈다. 몇몇 아가씨들이 차에 타는 건 길모도 보았다. 에이스들은 문제가 없었다. 그녀들의 펫이 달려와 충실하게 모셔갔기 때문이었다. 차가 없는 몇몇은 모범택시에 태워 보냈다.

그다음은 기억나지 않았다.

주지육림 다음에 이어진 희미한 기억 하나는 태초의 황홀함이었다. 꿈속이었다. 꿈결에서 남자의 중심이 탱탱하게 고개를 들었다. 여체 때문이었다.

참 이상하다. 술을 마시고 자다 선잠이 깨면 왜 이렇게 가운데로 힘이 쏠리는 걸가? 왜 그 힘은 꺼지지도 않는 걸까?

하필이면 그 꿈속에 나른한 미녀가 있었다. 미녀는 길모를 마다하지 않았다. 처음에는 조심스러웠지만 미녀가 화답하자 길모도 진격했다. 음양이 합하는 것은 자연의 이치.

미녀는 천국이었다.

매끈한 피부는 너무나 부드러웠고, 키스는 꿀처럼 달았다. 게다가 그 눈은, 어떻게 그렇게 안으로 깊었을까? 신비감이 깃든 고양이 눈빛을 닮은 분위기는 길모의 혼을 쪽 빨아들였다.

달았다.

미녀의 모든 것이 달았다. 목선을 따라 아래로 내려간 길모는 그녀의 가슴에서 한 번 더 자지러졌다. 그녀의 가슴은 그냥 젖 봉우리 두 개가 아니었다. 맑은 복숭아빛을 띤 유두는 길모의 혼을 쪽 빼놓았다. 거기 얼굴을 묻으니 세상 부러운 게 없었다. 조바심이 났다. 미녀의 가슴 속으로 영원히 들어가고 싶었다. 그리하여 그녀의 마음을 고스란히 차지하고 싶었다.

미녀는 길모의 얼굴을 놓지 않았다. 길모가 멀어질까 안타까워하는 마음이 고스란히 전해왔다. 중간중간, 미녀는 길모를 당겨 키스를 했다. 뜨거웠다.

키스와 가슴.

두 개의 천국을 오가며 길모는 황홀경에 묻혔다. 동시에 경건했다. 꿈이지만 천박한 욕망의 배설이 아니었다. 단 한 번의 욕망을 위해 불타는 몸이 아니었다.

"아아!"

미녀가 몸서리를 치면,

"아아아!"

길모의 몸도 함께 떨렸다.

길모는 부러질 것만 같았다. 그녀의 입술을 음미하는 동안, 그녀의 가슴 위에서 숨이 막히는 동안, 저 아래의 뿌리는 수도 없이 부러지고, 붙길 반복했다.

이 사람……

이 여자……

어디서 봤을까? 저 먼 전생의 인연이었을까?

길모는 생각했다. 그녀, 분명히 한 번쯤은 길모의 가슴에 피었다 진 꽃이었다. 분명히 한 번은 길모가 그리움으로 품었다가 돌아선 사람이었다. 그렇지 않고서야 이토록 간절할 수가 없었다. 이토록 정다울 수가 없었다.

누굴까?

그녀의 가슴 위에서 꿀 냄새를 맡으며 길모의 의식이 흩어졌다.

룸싸롱!

텐프로!

단란주점!

어디든 아가씨가 넘쳤다. 길모는 알고 있다. 그곳의 부장이나 젊은 사장들은 아가씨들을 넘보기도 한다는 걸. 어떤 파렴치한 양아치는 제 가게의 아가씨 전부를 건드리기도 했다.

유흥가 아가씨들은 여러 타입이 있다.

술을 잘 마시는 사람.

술을 못 마시는 사람.

이들 중에서 자기 방어가 가장 취약한 아가씨는 누구일까?

위에 적은 둘 다 아니다. 자기 방어에 있어 약한 여자는 잠꾸러기다.

잠!

남자도 그렇겠지만 여자는, 술 몇 잔 먹고 잠들면 누가 업어가도 모르는 사람이 있다. 같이 일하다 보면 알게 된다. 같이 일하다 보면, 손님이 준 술 몇 잔 받아먹고 룸에서 퍼질러 자는 아가씨도 보게 된다.

그걸 주워 먹는 부장들이 있다. 거기다 욕망을 배설하는 치졸한 사장들이 있다. 사람은 한 번이 어렵다. 그 한 번이 지나고 나면 당연한 일이 되어버린다.

그렇게 되면 아가씨들도 손님 앞에서 무너지는 일이 다반사였다. 기왕에 버린 몸이 되는 것이다.

물론 길모에게도 그런 기회는 수도 없이 많았다.

속이 꿀꿀해 술을 왕창 받아 마신 아가씨.

어쩌다 손님과 죽이 잘 맞아 달린 아가씨.

아가씨끼리 경쟁이 붙어 마셔 버린 아가씨.

누구든 상관없었다. 술을 마시고 늘어지는 아가씨는 늘 주변에 있었기 때문이었다. 그래도 그런 아가씨들은 건드리지 않았다. 길모가 공자님, 부처님이라서가 아니었다.

웨이터 일을 배우면서 길모는 그런 일을 종종 보며 살았다. 질이 나쁜 웨이터들에게 있어 그런 일은 그저 기분 전환에 불과했다.

한 번은 선배 웨이터가 길모를 빈 룸에 밀어 넣었다. 술에 떡이 되어 늘어진 아가씨가 있는 룸이었다. 그녀는 무방비였다. 얇은 원피스 사이로 팬티가 적나라하게 드러난 여체. 그 사이로 밀어 넣기만 하면 끝이었다.

"해!"

선배는 딱 한마디를 던졌다. 그 자신은 이미 다른 아가씨에게 욕망을 배설한 후였다. 길모가 주저하자 선배가 등을 밀었다. 그녀 위에 엎어지자, 그녀가 오바이트를 쏟아냈다.

한 번이 아니었다. 두 번 세 번 오바이트를 한 아가씨는 테이블을 잡고 눈을 뒤집었다. 그때 이후로 길모는, 술 마시고 맛이 간 아가씨는 넘보지 않았다.

웨이터는,

아가씨를 지켜야 한다.

그건 기본이다.

둘은 어쩌면 공생 관계에 속했다. 그런 아가씨를 술이 취해 맛이 갔다고 배설의 도구로 삼는 건 만정이 떨어지는 일이었다.

"아아!"

길모가 유두를 물자, 미녀의 입에서 아련한 신음이 새어 나왔다. 미녀가 길모 얼굴을 당겨 귀를 애무하기 시작했다. 길모는 더 참을 수 없었다. 길모는 미녀의 손을 뿌리치고 아래로 향했다. 그 달콤한 가슴을 지나쳤다. 군살 한 점 없는 배꼽에 잠시 시선을 멈췄다. 잘록한 허리를 바라본 길모는 마침내 미녀의 샘물에 닿았다.

길모는 그녀의 스타킹 안에 숨겨진 속옷을 보았다. 그 속옷 안에 숨겨진 샘물이 달콤하게 출렁이는 것만 같았다.

'후읍!'

모진 숨을 토한 길모가 스타킹을 내렸다. 속옷도 내렸다.

"아아!"

이번에 나온 신음은 길모의 것이었다. 가지런한 솔밭 아래의 둔덕은 현기증까지 일게 만들었다. 허벅지에 손이 닿자 미녀는 파르르 떨었다. 길모는 더 참지 못했다. 그녀와 겹친 길모는 단숨에 샘물 안으로 들어갔다.

"아아!"

"아아!"

두 개의 신음은 하나도 다르지 않았다. 미녀는 길모가 떨어져 나갈까 봐 미친 듯이 끌어안았고, 길모는 샘물이 당기는 힘을 따라 한 없이 파고들었다.

얼마나 달렸을까? 그녀와 모든 것이 하나가 되었다고 생각했을 때, 길모 안에서 화산이 폭발했다. 그녀는 그 화산을 고스란히 받아들였다.

회한도 아쉬움도 없는 합체. 길모는 미녀의 가슴에 얼굴을 묻으며 늘어졌다. 모든 피로가 가셨다. 나른하지만 한없이 행복했다.

"사랑해……."

길모는 그 말을 중얼거리며 까무룩 잠이 들었다.

잠이 깼다.

머리가 아팠다.

무의식적으로 시계를 보았다. 아침 8시였다.

'여긴?

어딜까?

이마를 잡고 상체를 일으켰다. 아가씨들과 부장들을 보낸 건 생각이 났다. 사단끼리 2차로 뭉쳤던 것도 생각이 났다.

거기서 매상을 공개했다. 이제는 카날리아의 주인이 된 길모. 하지만 그렇다고 변할 건 없었다. 길모의 마음속에 그녀들은 영원히 길모의 사단이기 때문이었다.

30억!

"와아아!"

액수를 듣고 미친 듯이 환호하던 홍연과 유나, 혜수와 승아…

방방 뛰던 그 기세는 아직도 길모에게 생생하게 남았다. 2차는

도가니탕 집이었다. 다들 비틀거렸지만 여주인은 싫은 내색을

하지 않았다. 아니, 아마 돈도 받지 않았던 것 같았다.

손님 두엇이 시끄럽다고 구시렁거리자 여주인은 그 손님들을

내몰았다. 그녀에게 있어 길모의 존재는 그랬다.

소주를 물처럼 비워내고 일어섰다.

"3차 가요!"

길모를 잡고 늘어진 홍연이 혀 꼬부라진 소리를 질렀다. 아가

씨들은 죄다 찬성을 했다. 죄다 흐물거렸다.

'맞아. 그래서 우리 집으로……'

냉장고를 뒤져 있던 술을 전부 끌어냈었다. 누군가가 그걸 한

군데 섞었다.

"홍길모 사단표 칵테일!"

그 소리는 누가 질렀을까?

길모는 잠시 아프게 조여 오는 이마를 짚으며 기억을 더듬어

갔다. 하지만 홍길모 사단표 칵테일은 더 마시지 못했다. 이미

만땅이었다. 언니라는 죄로, 1번 룸의 퀸이라는 죄로 만만치 않

게 잔을 받았던 혜수가 먼저 침대에 늘어졌다.

"야, 찜질방 가자."

그 목소리는 홍연의 것이었다.

"야, 집에나 가라. 다 취해서 무슨 찜질방. 나는……."

기억은 거기서 끝났다. 길모 역시 더는 버티기 어려울 만큼 달렸던 것이다. 그렇게 깜박 졸았다. 잠시 눈을 뜨니 소파 쪽은 텅 비어 있었다. 길모는 비틀비틀 걸어 침대로 향했다. 그리고 그 위에 몸을 던지고 늘어졌다.

"……?'

그런데…….

그런데, 이건 뭐지? 갑자기 머리를 강타하는 이상한 느낌 하나가 있었다.

"……!'

길모는 재빨리 옆에 누운 사람을 바라보았다.

'억!'

신음이 새어 나왔다. 모로 누운 사람은 분명, 장호가 아니었다.

'뭐, 뭐야?'

식은땀이 길모의 등줄기를 훑고 갔다. 기억 속에서, 침대에 제일 먼저 뻗은 사람은 혜수였다.

'설마?'

길모는 천천히 담요를 걷었다. 긴 생머리에 이어 혜수의 뽀얀 어깨가 드러났다. 설마 속의 그 여자였다. 놀란 길모는 담요를 놓고 말았다.

"으음!"

술 냄새 가득한 혜수가 길모를 향해 돌아누웠다. 살며시 실눈을 뜬 그녀는 길모를 잡아 눕혔다. 그러고는 길모 품에 안겨 다시 잠이 들었다.

'그럼 그 꿈이 꿈이 아니라?'

내가 혜수를?

길모는 피가 멈추는 것 같았다.

조바심을 달래며 혜수의 몸을 더듬었다. 가슴에, 손이 닿았다. 한없이 보드라웠다. 꿈속의 그 느낌이었다. 손은 그녀의 허리를 지나 엉덩이로 내려갔다. 속옷이 없었다. 호흡을 멈춘 채 이번에는 자신의 뿌리를 만져 보았다. 표면에 마른 액체가 만져졌다.

'헉!'

그건 꿈이 아니었다. 비몽사몽간에 혜수와 하나가 되었던 것이다.

"추워요?"

길모가 파르르 떨자 눈을 뜬 혜수가 물었다.

"……."

"몇 시예요?"

"8시……."

대답하는 길모의 목소리가 떨렸다.

"아흠, 깜박 잠들었네."

혜수는 천천히 기지개를 켰다.

"......"

"애들은요?"

길모는 대답을 못하고 고개를 저었다.

"어디 아파요?"

"아니… 그게 아니라……."

"내 속옷 좀 줘요."

혜수가 길모 베개를 가리켰다. 그녀의 속옷은 하필이면 길모의 베개 옆에 놓여 있었다.

"혜수……."

"왜요?"

그녀는 담담하게 속옷을 입었다.

"내가 술에 취해서 실수를 했나 봐."

"......"

"......"

"실수였어요?"

바지를 챙겨 입던 그녀가 길모를 돌아보았다.

"아, 아니……."

"실수면 그냥 잊어버리세요. 나도 많이 취했었거든요."

"......"

"가봐야겠어요. 애들 가방이 여기 있는 거 보니 지하 찜질방

갔나 보네요. 곧 올라올 거예요."

옷을 입은 혜수가 소파의 가방을 보며 말했다.

"혜수!"

길모는 가방을 집어드는 혜수를 불렀다. 혜수는 대답 없이 돌아보았다.

"미안, 아까는 분명 실수였어."

길모는 또렷하게 말했다.

"그럼 잊어버리라니까요."

"하지만!"

길모가 침대에서 내려섰다.

"지금은 실수가 아닌데 받아줄래?"

혜수의 가방끈을 잡으며 바라보는 길모. 그 시선은 잔잔하게 혜수의 눈과 닿았다. 짧은 시간 동안 길모는 마음의 소리를 들었다. 그건 욕망이 아니었다. 아슴푸레한 기억 속에서도 어쩐지 간절하던 느낌.

혜수라서 그랬던 것이다. 길모 또한 그녀에게 영 마음이 없는 건 아니었기에, 그녀와의 합체가 그토록 애잔했던 것이다.

"나, 관상왕의 여자가 될 관상인가요?"

그녀가 물었다.

"나는 어때? 혜수도 이제 그 정도는 볼 수 있잖아?"

길모가 되물었다.

고양이상의 혜수. 복숭앗빛 눈동자에 오른쪽 볼에 찍힌 점 하

나. 나른하고 몽환적인 분위기를 가진 여자. 그녀가 찍은 남자라면 누구든 녹일 수 있는 숨은 매력의 여자. 더구나 뒤통수를 칠 상도 아닌…….

길모는 기억하고 있었다. 혜수를 처음 만난 날 읽어두었던 그녀의 운명. 하지만 지금 이 순간 그건 아무것도 아니었다.

"다른 건 몰라도 사랑에 대한 주관은 저도 뚜렷해요."

길모의 상념을 타고 혜수의 목소리가 스며들었다.

"어떤?"

"사랑은 꽂히면 그만이라는 거!"

듣고 싶던 말이 나왔다.

"나도 공감!"

길모가 두 팔을 내밀었다. 혜수는 가방을 집어던지고 길모 품에 달려들었다. 길모는 그녀를 안아들고 다시 침대로 향했다.

이제는 꿈이 아니었다. 비몽사몽도 아니었다. 확연한 실체의, 동시에 서로의 마음을 확인한 남녀가 거기 있었다. 길모는 혜수의 옷을 벗겨냈다.

이번에는 급했다. 혜수도 서둘렀다. 서로 마음은 있었지만 내색하지 않았던 두 사람. 두 마음을 확인한 지금은 오히려 조바심이 일었다. 어떻게든 빨리 하나가 되어야 이 확인이 증명될 것 같았다.

"혜수……."

"부장님……."

"사랑해."

"저도요."

"……."

"아!"

불기둥이 혜수의 샘물 안으로 풍덩 빨려드는 순간, 벨소리가 들렸다.

딩동딩동당!

찜질방으로 갔던 장호와 아가씨들이 돌아온 소리였다.

"어? 뭐야? 잠 안 자고 있었던 거야?"

거실에 들어선 유나가 도끼눈을 뜨며 말했다. 침대는 가지런 했고 혜수는 라면 물을 끓이고 있었던 것이다.

"장호는?"

[컵라면 산다고 편의점에 갔어요.]

승아가 수화를 그렸다.

"에이, 왕 실망. 두 사람 뭐야?"

이번에는 홍연이 혀를 차며 나섰다.

"뭐가?"

시치미를 뚝 떼고 대꾸하는 길모.

"두 사람 돌부처들이에요? 썸 좀 타라고 자리 비켜줬더 니……."

"너 술 안 깼냐?"

"당연히 안 깼죠. 냄새 안 나요?"

홍연이 길모에게 입김을 뿜어댔다.

"아무튼 장호 오면 컵라면이나 먹고 가라. 한잠 자야 저녁에 일하지."

"언니!"

홍연이 혜수에게 다가갔다.

"왜?"

"부장님이 안 덮치면 언니가 덮치지 그랬어요?"

"그럼 네가 지금이라도 덮쳐."

"에? 사람 다 있는 데서?"

"내가 애들 데리고 나갈까?"

"아, 진짜……."

"빨리 젓가락이나 놔라. 나도 얼른 먹고 가서 자야겠어."

"알았어요. 이럴 줄 알았으면 내가 남아서 부장님 덮치는 건데……."

홍연은 투덜거리며 젓가락을 꺼내놓았다.

물을 끓이던 혜수가 몰래 길모를 돌아보았다. 길모도 찡긋 윙크를 보냈다. 그 속에서 안도의 숨을 쉬었다. 위기를 넘긴 것이다.

[형!]

장호는 곧 돌아왔다. 컵라면은 아예 한 박스를 안고 왔다. 국물이 좋았다. 혜수가 끓인 물이라서 그런지 더 시원했다.

"야, 최장호!"

국물을 몇 모금 넘긴 홍연이 장호에게 말했다.

[왜?]

"부장님, 고자지?"

[응?]

"분명 그럴 거야. 암!"

"얘, 그만 좀 해라."

옆에 있던 혜수가 핀잔으로 입을 막아버렸다. 아무래도 홍연은 무슨 낌새를 차린 걸까? 제 발이 저린 길모는 슬쩍 침대를 돌아보았다.

"······!"

이런!

침대 모서리의 벽 쪽에 휴지 뭉치가 보였다.

"아, 국물 맵네."

길모는 괜한 핑계를 대며 침대 밑으로 향했다. 그런 다음, 티슈를 가져오는 척하며 휴지 뭉치를 침대 아래로 차 넣었다.

"뭐가 매워요? 새우탕면 먹으면서······."

유나가 말했다.

"야, 새우도 빨갛잖냐? 빨간 건 다 매운맛이 섞인 거야."

길모는 엉뚱한 핑계를 둘러댔다.

컵라면을 비운 네 아가씨는 오피스텔을 나갔다. 장호가 컵라면을 치울 때 길모의 핸드폰에 문자가 들어왔다.

─부장님, 푹 자요. 사랑해요!

혜수였다.

─부장이 뭐야? 그냥 오빠라고 부르고… 혜수도 푹 쉬어.

답글을 적은 길모가 전송을 누를 때였다. 느닷없이 장호가 목을 빼들고 끼어들었다.

[아침부터 예약이에요?]

"응? 응!"

놀란 길모는 허둥지둥 물러섰다.

[왜 놀라요?]

"내, 내가 언제?"

[샤워나 하세요. 잠도 안 잤다면서…….]

"그, 그래……."

옷을 벗던 길모는 또 한 번 소스라쳤다. 속옷 안에 남은 휴지 때문이었다.

'우워어!'

사랑과 연기는 감출 수 없다. 길모는 팬티를 입은 채 욕실로 뛰었다.

잠은 제대로 잤다.

꿈도 꾸었다. 오랫동안 잊었던 부모님이 등장했다. 무슨 말을 나눈 건지는 기억나지 않았다. 그저 어머니 아버지가 꿈속에서 웃어주었다는 것밖에는.

개운한 잠 덕분에 몸이 가벼워진 길모는 깨어나기 무섭게 핸드폰을 보았다.

수많은 부재 중 전화와 문자 중에 혜수에게 온 건 없었다. 웃음이 나왔다. 어제까지는 간절하지 않던 사람. 그 사람이 길모 마음에 싹을 내린 것이다.

피식 웃음을 지우며 노은철에게 전화를 걸었다. 가게 인수 건에 이어 사우디아라비아 왕자 접대 건까지 할 말이 많았다.

―진짜 축하해. 개업식에는 초대할 거지?

은철의 말을 듣고서야 개업식에 대해 생각하는 길모. 그만큼 분주함의 연속이었다.

"알았어. 날짜 잡으면 연락할게."

길모는 은철의 축하 인사를 들으며 통화를 마감했다.

30억!

아직 한밤중인 장호는 잠꼬대를 수화로 했다. 몇 번이고 30억을 그리는 손가락이 보였다.

'녀석!'

길모가 웃었다.

기분이 널널해진 길모는 바람도 쐴 겸 공원으로 나갔다. 아픈 머리에 바람이 지나가니 좀 나았다. 아기자기한 화단 옆에서 파쿠르를 하는 학생들이 보였다.

"어이, 잘돼 가냐?"

"어, 아저씨!"

길모가 인사를 던지자 중학생 하나가 알은체를 해왔다.

"야, 아저씨라니?"

"그럼 뭐라고 불러요?"

"형이라고 부르랬잖아? 나 장가도 안 갔거든?"

"에이… 우리 옆집 아저씨는 오십 살도 넘었는데 장가 안 갔어요."

"야, 그 사람이랑 나랑 같냐?"

"그럼 내기해요. 나 이기면 형이라고 해드릴게요."

"오케이!"

대답도 하기 전에 길모가 먼저 뛰었다.

"어, 그러면 반칙이잖아요?"

깜짝 놀란 학생이 따라붙었다.

두 개의 장애물은 길모가 빨랐다. 투 핸드 볼트로 낮은 담장을 뛰어넘으며 선보인 다이빙 낙법도 자세가 좋았다.

하지만!

행잉이 좋지 않았다. 바짝 따라붙은 학생을 의식한 탓이었다.

"어엇!"

길모는 짧은 비명과 함께 담장에서 주르륵 흘러내렸다.

"괜찮아요?"

목표물 위에 깡총 올라선 학생이 물었다.

"졌다. 역시 나이는 못 속이네."

길모가 어깨를 으쓱해 보였다.

"됐어요. 그냥 형이라고 해드릴게요. 파쿠르 하는 아저씨는 못 봤거든요."

학생은 멋진 랜딩 자세로 땅에 내려섰다. 멋지다. 감탄이 절로 나왔다. 어떤 일은 젊어서 멋진 일이 있다. 분명히 그렇다.

길모는 학생을 데리고 매점으로 갔다. 그저 컵라면 하나면 족했다. 학생은 단숨에 컵라면을 비워 버렸다.

"하나 더 먹을래?"

"하나면 돼요."

학생이 고개를 저었다. 전에도 그러더니 오늘도 마찬가지. 어린 아이들이 좋은 건 이런 순수 때문이다. 공연한 욕심을 부리지 않기 때문이다.

"형, 내 이름 잊어버렸죠?"

컵라면 용기를 농구의 슛 자세로 휴지통에 골인시킨 학생이 물었다.

"어? 미안… 자수한다. 내가 좀 바빠서……."

"괜찮아요. 한두 번 겪는 일도 아니라서……."

"걱정 있냐?"

길모가 물었다. 전에도 그랬지만 얼굴빛이 그리 좋지는 않았다. 그래도 관상을 뜯어보지는 않았다.

첫인상에 이마가 좋아 보이지 않던 아이. 확인하지 않는 건 관상 법칙 때문이었다.

男相十六可成,　女相十四可定.

해석하자면 남자의 관상은 16세에 완성되고 여자의 관상은 14세에 결정된다는 뜻이다. 학생의 나이는 14세가량. 아직 미완의 관상이었다.

"있으면요? 형이 해결해 줄래요?"

"또 아냐? 그럴 수 있을지?"

"갈게요."

피식 웃음을 머금은 학생이 엉덩이를 털며 일어섰다.

"그래. 또 보자."

"내 이름은 선은규예요. 은규!"

"나는……."

"홍길모, 알고 있어요."

은규를 손을 흔들더니 번개 같은 파쿠르 솜씨를 뽐내며 담장 뒤로 사라졌다.

은규가 사라지고 덜렁 남은 빈 담벼락. 아련한 여운이 길모 마음을 헤집고 들어왔다.

파쿠르!

평범한 아이도 한다. 하지만 혼자 놀기를 좋아하는 아이들이 많았다. 길모도 그랬지 않은가?

[형!]

괜한 상상을 멈추라는 건지 장호가 오토바이를 끌고 도착했다. 길모는 그 뒤에 성큼 올라탔다.

길모는 일찍 가게로 나왔다.

그런 다음 건물 전체를 꼼꼼하게 돌아보았다. 이제 길모의 빌딩이 되어버린 카날리아. 그러니 장기적인 계획을 세울 필요가 있었다.

[으아, 30억······.]

장호는 아직도 꿈속인 모양이다. 걸핏하면 30억을 허공에 그려대며 춤을 췄다.

"정신 안 차릴래?"

[믿기지 않으니까 그렇죠. 게다가 이젠 방 사장님과 나누지도 않으니 뭔가 빼면 다 우리 소득이잖아요?]

"어이구, 이 빠꼼이······."

[형도 좋으면서 괜히······.]

"그야 당연하지. 자다가도 웃음이 나온다."

[형, 이번 기회에 건물 전체를 가게로 하면 어때요?]

계단을 따라 내려오던 장호가 물었다.

"안 돼!"

길모는 잘라 말했다.

[왜요? 규모가 크면 사람들이 더 많이 오지 않을까요?]

"그럴 가능성도 있지만 내실 없이 무작정 규모만 키우다가는 공연한 타깃이 될 수도 있어."

길모는 방 사장의 조언을 생각했다.

텐프로의 규모가 커지면, 세무서나 경찰, 검찰, 교육청의 이목을 한 몸에 받는다. 그것보다는 차라리 지점을 내는 게 좋다는 게 방 사장의 '노하우'였다.

[그럼 이대로 가는 거예요?]

"관상룸 독립은 한 번 생각해 봐야겠다. 천 회장님 돈도 갚아야 하고."

길모의 걸음은 구석의 비상계단 앞에서 멈췄다. 여기다 통로를 내서 1층 일부를 관상룸으로 독립시키는 것. 그리고 그 안에 작으나마 관상 상담 룸을 만드는 것.

이유는 역시 관상 때문이었다. 어떤 손님들은 개인적인 장소에서 관상을 봐주길 원했다. 아무래도 다른 사람이 있는 게 거북할 때도 있기 때문. 그걸 위해서라도 작은 공간의 필요성을 느끼던 길모였다.

막 건물에서 나올 때였다. 한 대의 경찰차가 주차장으로 들어섰다.

[경찰이에요?]

'응? 경찰?'

길모도 순찰차를 바라보았다. 방 사장의 일은 깨끗이 정리되었다. 하지만 기타 등등은 경찰 마음이다.

마음에 들지 않지만, 그들은 언제고 카날리아를 점검할 권리가 있었다.

"안녕하세요?"

이제 주인이 된 길모, 죄 지은 게 없으므로 당당하게 경찰을 맞이했다.

"카날리아 직원입니까?"

경위 계급장을 단 경찰이 물었다.

"예, 무슨 일로?"

"혹시 홍길모 씨 나왔습니까?"

"제가 홍길모입니다만······."

"아, 마침 잘됐네. 같이 좀 가주셔야겠습니다."

"제가요?"

길모가 미간을 구기며 물었다.

"관상 보시고 거액의 복채를 받으신다면서요?"

"거액 복채요?"

"복채는 세금 안 내고 있죠? 신고가 들어왔으니 같이 좀 가주셔야겠습니다."

"······?"

"가시죠."

경위는 눈빛으로 길모를 윽박질렀다. 좋게 말할 때 들으라는 의미였다.

[형······.]

장호가 걱정스러운 눈빛으로 길모를 바라보았다.

느닷없는 경찰의 방문. 그리고 제기된 관상 복채. 전혀 없는 일이 아니기에 황당하기 그지없는 길모.

그때 도로 앞에 택시가 달려와 급정거를 했다. 택시에서 내린 사람은 이 부장이었다.

"김 경위님!"

이 부장은 다짜고짜 경찰을 불렀다. 그런 다음 경위 팔을 끌고 건물 옆으로 향했다.

"이 부장님이 아는 사람인가 본데요?

"……!"

잠시 후에 돌아온 경찰은 길모를 향해 경고성 발언을 날렸다.

"운 좋은 줄 아시오!"

경찰차가 도로에 접어들자 이 부장이 다가왔다. 어젯밤에 미치도록 달린 이 부장. 그의 입에서는 아직도 술 냄새가 등천을 했다.

"미안, 어제 너무 퍼마시는 바람에 깜박했어."

"무슨 말씀이신지……."

"야, 장호 너는 내려가서 청소나 해라."

이 부장이 말했지만 장호는 길모만 바라보았다. 그러다 길모의 눈짓이 있고서야 발길을 돌리는 장호.

"미안하다. 실은 내가 속이 좁아서 아는 경찰에게……."

"예?"

"아무래도 네가 나를 우습게 아는 것 같아서 말이지. 그런데 어제 보니까 내가 오해한 것 같더라. 김 경위에게 오해였다고 전화한다는 게 너무 취해서 자다 보니……."

"그러니까 형님이……."

"미안하다. 이해해라."

"……."

"……."

"괜찮습니다."

길모는 흔쾌히 이 부장의 마음을 받아들였다.

"진짜지?"

"그럼요. 술도 안 깼는데 이렇게 달려와 주셔서 진짜 고맙습니다."

"고맙다. 난 또 괜히 욱하는 통에 저지른 사고로 카날리아 떠야 하나 걱정했는데……."

"뜨시다뇨? 형님 없으면 카날리아 무너집니다. 형님이 가면 저도 이거 접을 겁니다."

"자식, 사장 되더니 뻐꾸기도 보통 아니라니까."

"들어가세요. 제가 어제 남은 산삼과 영물 버섯으로 숙취해소제 만들어드릴게요."

"어? 진짜?"

이 부장이 반색하며 말했다.

다행이었다. 그렇잖아도 이 부장의 관상에 흉액이 엿보여 짚고 넘어가려던 길모. 그게 이렇게 따뜻하게 풀리니 어찌 좋지 않으리?

그러니까 어젯밤, 길모가 이 부장을 챙겨준 선행이 복이 되어 돌아온 셈이었다.

'心淸事達(심청사달).'

길모는 그 단어를 곱씹었다. 마음이 깨끗하면 모든 일이 잘 이루어진다. 그래서 관상 위에 심상이 아닌가?

『관상왕의 1번 룸』 8권에 계속…

가프 장편 소설

관상왕의
1번룸

FUSION FANTASTIC STORY

거대한 도시의 그늘에서 벌어지는
짜릿하고 통쾌한 이야기!

『관상왕의 1번룸』

텐프로의 진상 처리 담당, 홍 부장.
절망적인 삶의 끝에서 만난 남국의 바다는
그를 새로운 인생으로 인도하는데…….

쾌락을 원하는 거부, 성공에 목마른 사업가,
그리고 실패로 절망한 사람들이여.

여기, 관상왕의 1번룸으로 오라!

Book Publishing CHUNGEORAM

유행이 아닌 자유추구 -
WWW.chungeoram.com